講談社文庫

ウォーク・イン・クローゼット

綿矢りさ

講談社

目次

ウォーク・イン・クローゼット

いなか、の、すとーかー

Good luck.

願ってもない幸運は突然ふってくる。望んだ形ではなくても、あまりに意外過ぎるluckでも、うろたえてはいけない、拒絶してはいけない。目の前を通り過ぎるまえに乗る。それは昔から決めてる。選んだり、自分から求めたり、天命を自らの手で動かしたい気持ちが、うまくいく人生のじゃまをする。

チャンスの神は前髪しかない、なんて言うけど、原理は簡単、人はやりたいことしかやらないし、何かを相手に依頼すれば、その場で快諾してもらいたい。辛抱強く待ち続けるのが好きな人なんていない。

だから、人の欲望に乗れ。そして、自分はなるべく我を持つな。気持ちや態度をオープンにして、舞い込んでくる話があれば、即座に順位づけして、一番上からがんばって取り組んでいけばいいさ。こういう考えが生まれたのは、いくら芸術に携わってるとはいえ、僕の仕事が基本相手からのオファーを待つ自由業だからかもしれませんね。創りたいものを創りたいときに、というワガママさも残しつつ、敏捷に仕事の依頼主や時代の欲している作品を読む、そんな制作のやり方を尊重してますね。

だめだ、緊張しすぎて気が散った。さっきコメント撮《ど》りで〝石居さんは若くして認められて、幸運だった部分もあると思うのですが、石居さんなりの人生の必勝術とは何ですか〟と聞かれて、うまく答えられなかったのをまだ引きずり、一人インタビューを脳内でくり返してしまった。

テープも回ってる、ただいま撮影中。生放送ではないが、本番だ。集中しないと。テレビカメラは人間の三倍ぐらいの存在感がある。創作スペースの椅子から窯の前に移動した自分を、固定されたカメラの眼が、音もなく、くるりと向きを変えて追いかけるたびに、ただでさえ狭い工房が、さらに狭くなる。テレビカメラがここまで大きいとは知らなかった。そしてテレビクルーたちが、いちいち音響を細かくチェックしたり、カメラの動きに合わせてケーブルを手繰ったりと、丁寧に仕事をすることも。

　忘れ物を取りに行ったり、おれがちょこまか動くたび、すいすいコミカルに追ってくる、カメラとカメラマンの様子に、なぜか既視感。おかしい、テレビカメラなんて、生で見たのは初めてのはずなのに。芸術家然として、むつかしい顔を作り、作品を見つめなきゃいけないのに、思い出せないのがもどかしくて、目がちぐはぐになりそうだ。なんだっけ、なんだっけ、あ、分かったあれだ。

NO MORE 映画泥棒。

機敏な動きだがどこかくねくねして不気味な、きっちりスーツを着込んだ、頭部がビデオカメラの奇人が、頭の中にいっぱい浮かんで、万華鏡みたいに回り出す。

「先生、音声入らないから、もっとリラックスした表情でしゃべりながら作業してもらってもいいですよ〜」

「ろくろを回すとき、しゃべったりしないので」

「あ〜、それもそうか、集中してるんですもんね。カメラ、もっと手元アップして。いいねぇ、さっきまでの薪割りの男らしい作業から一転、繊細な手つきでのろくろ回し。すべらかでひんやりした泥がぬるぬると、官能的だよ、こりゃ陶芸家ってモテる職業でしょうねえ」

「いや、そんなことないです……」

回転するろくろに器を委ねつつも、なめらかな生の土に働きかけて繊細に器の口を形作るおれの指を、近づいたカメラのレンズが舐めるように写してゆく。まるでセクハラされているようで悲しい。真面目に仕事をしているときに上司に尻とか触られるOLの気持ちがちょっと分かった。

「はーい、おっけーです」

カットの声がかかり、ほっとして、ようやく自分が緊張していたことに気づく。

NO MORE 映画泥棒で頭がいっぱいになるなんて、普通では考えられないものな。

一人で作業する分には快適な工房も、こう男ばかり四人もいると、微弱なクーラーの冷気ではとても間に合わず、汗がだらだら流れてくる。

「すみません、何度も聞いて悪いですけど、この作品だと自分の本来の味は出せてないので、本編では映さずにカットしてほしいんですが、大丈夫ですかね？　なんかカメラが手元だけじゃなく、この壺を含めた全体を写してるように感じたんですけど」

「大丈夫です、写してないですよ。な」

汗をぬぐいながら、三十代後半くらいの歳に見える、眼鏡と髭の樋口プロデューサーがカメラマンへ念を押すと、カメラマンがうなずいた。

「出来上がり作品のカットは、先生に指示されたものに差し替えますから」

今回の撮影で、ちょくちょく口を挟む自分に対して、樋口プロデューサーは見た目の軽薄な印象からは想像できないほど辛抱強く対応してくれつつも、「先生」と呼ぶときに多少の揶揄を漂わせる。

　おれだってこんな風にいちいち映りを気にした発言をしたくない。芸術家らしく、テレビだからって変にかっこつけず、泰然として、カメラが回ってるときも回ってないときも、黙々と作品作りに集中していたい。

　でもしょうがないじゃないか、おれにはマネージャー的存在がいないから、言いにくいことも全部自分で言わなきゃいけないのだ。髪型だって、せっかく朝にワックスで整えてきたのに、いまは汗で後頭部がしおれてる。ほんとならヘア・メイクにスプレーと櫛で直してもらいたいのに、リアルが撮りたい彼らは連れてきてない。こんな姿を初めてのテレビ出演に残してほしくない。昨日だって作品を客に散々批判され、あげく買ってもらえなかったところも撮られた。もろに悔しそうな顔をしてたよな。恥ずかしい。にしてもあの客、カメラが回ってるからって通ぶりやがって。陶器の素朴な良さなんてちっとも分からないくせに。

　テレビクルーたちは、ドキュメンタリーに欠かせない生々しさを求めて、撮ってほしくないところほど、ずかずか入り込んでくる。おれがガードを堅くしても、プライベート映像が少なすぎて尺が足りないですからと実家にまで押しかけて、生活感ありありの風呂上がりの親父にインタビューしてきた。作り手の神秘性も含めての商品なのに、幻滅したファンが作品を買ってくれなくなったらどうしよう。

「あくまで制作過程の石居先生が撮りたかっただけですから、ほんと、作品は写しませんよ。オープニングのテーマソングをバックにこの画《え》を流そうと思ってるんです」

フフふんふんふーんとプロデューサーは有名なテーマソングを口ずさみながら、じゃ次は小川のカット行きましょう、と一同に声をかけてから工房を出た。


「え、ほんとにおれを、『灼熱列島』がフィーチャーしてくれるんですか？」

事務所にプロデューサーから撮影の依頼が来たと師匠に伝えられたときは、なかなか信じられなかった。

「ああ、向こうは本気で、返事をかなり急いでるようだった。二週間で撮って、来月の放送に間に合わせたいそうだ。私のときは、半年も張り付いていたがなあ」

「もしかしたらピンチヒッターなのかもしれないですね、おれ。誰かほかの人を取材したかったけど、それがだめで、あわててしょうがなく、暇そうなおれに白羽の矢が立った、みたいな」

肯定も否定もせず、ただ苦笑いする師匠を見て、あ、いまこの人若干くやしいんだな、と分かる。そりゃそうだ、三十五年間陶芸家を続けて、昨年やっとテレビの取材が来たのに、大学を卒業して、陶芸を本格的に始めてまだ三年というおれのところに、もう依頼が来てしまった。濃い緑茶を早いピッチで二杯も三杯も飲んでいる師匠は、顔は笑っていても心は限りなく不機嫌だ。もう半年前から師匠ではないけど。でも賞を取り故郷に築窯したんだから、もうおまえはりっぱな一人前だと言い訳して、体よく追い払ったのは師匠の方だ。

「まあ、いい機会だから受けてみたらどうだ。テレビの密着取材は、煩わしいし骨折りだが、二週間くらいならなんとかなるだろう」

「そうですか、じゃあ荷が重いけどやってみようかな」

師匠の顔を立てるために勧められてから決断したように答えたが、実際はこの話を聞いた瞬間から、なにがなんでも受けると決めていた。

作品を世に広めるのに、これほどいい機会はない。地上波の知名度のある番組に出て、おれのことも作品のことも知ってもらえれば、何よりまずおれの陶器を買いたいという人が増えるだろう。知名度が上がれば箔もつき、ギャラリーへの出展もオーナーと交渉しやすくなるかもしれない。本来は、陶芸作家がテレビに出て自作を語るなんて、恥ずべきことだ。しかし「灼熱列島」は長寿番組で硬派なイメージがあるし、おれの真摯な仕事への取り組み姿勢もちゃんと撮ってくれそうだし、この番組ならいいだろう。この番組にだけ出て、もしほかにテレビの出演依頼が来ても、それは欲を出さず断ろう。

わざわざ工房まで来てくれたスタッフに、番組の趣旨について説明を受けたあと、承諾する旨を話したら、プロデューサーにも会ってくれと言われ、四時間半かけて新幹線で上京した。

現れたプロデューサーは、いかにもイメージ通りで、まだ若いのにゴルフ三昧といった日焼け顔、アイロンのかかった、うすいオレンジ色のストライプの入ったシャツに、麻のチノパンツを穿いていた。はじめは、あえて世間のイメージ通りのプロデューサーを装うことで、アンチテーゼを提示しているのかなと思った。もとは普通の外見をしていたが、世間がチープなプロデューサー像を押しつけてくるのにうんざりし、よし分かったおまえらがそこまで言うなら、おれだっていわゆるプロデューサーになってやる、さあ笑え、という皮肉を込めているんだと思った。だって、おれが頭にタオルを巻き、作務衣で現れるようなベタさだ。ある意味コスプレだ。しかし樋口プロデューサーと話すうちに、この人は素でこの格好なのだと気づいた。

「『発展途上の若者たち』シリーズを半年間かけて、隔週で放送するつもりなんですよ。十人が出演予定で、石居さんは第二回でのご登場となります」

「ありがとうございます。おれのこと、どこで知ってくださったんですか」

「きみ、雑誌の『ソノコノ』のインタビュー出てたでしょ。あれ読んでいいと思ったんだよね、若者がさ、古風にも和食器の陶芸家を目指してさ、いい土と水を求めて故郷のど田舎に出戻った。作品もそれを体現しているかのように、古さと新しさ、鋭敏さと素朴さが共存してる。ロハスっぽいのが好きな層にうけるだろうね、君もひょろっと背なんか高くて、髪も染めて、今風の顔つきなのが、やってることの厳めしさと対比してて、いいね。作品も、和食器にあえて新しい色遣いで、あの雑誌に載ってたクリームと水色の湯呑み、おれもほしくなっちゃったなぁ」

硬派な番組を作ってるにしては、意外なほどチャラいプロデューサーに一瞬身構えたが、作品を誉めてくれたのをきっかけに心がほどけた。言ってることが浅い気もするが、こういう陶芸に詳しくない人に誉められるのは、専門家に誉められるのとはまた違ううれしさがある。何気なく雑誌をめくった人の感性に届く作品こそ、専門家が細部を念入りに見て誉める作品より、ある意味優れているのではないか。

「ありがとうございます。生活になじみ、かつ趣きのある器、というのが、僕の作品のコンセプトです。平凡ですが。あの湯呑み、いくつか作ったので、今度お渡しします」

「ありがとうございます。まあ、テレビ撮影なんていうのは、先生にはなじみのないことだと思いますが、我々は先生の日常に静かについていくだけなので、リラックスしていつも通りにしてください」

いったい、自分が撮られているのにいつも通りにできる人間なんて、この世に何人いるんだろうか。役者なら、リラックスしてる演技ができるから、人は騙されて自然体と思うかもしれないが、おれは素人なんだよ。

「じゃあ次は、川べりを歩きながら質問に答えてください。リポーターの方を見ずに、前を見て、あくまで自然に散歩してる風に」

ほら、また限りない非日常のシチュエーションを自然ぽく撮る作業が始まった。歩きながら人の質問に答えたことなんてないのに、いや毎日のことですから、という風に振る舞わなければいけない。

「ざっくりした質問で申し訳ないですが、陶芸のお仕事で一番楽しく充実しているときっていつですか」

「昔は器を形作る成形の作業が一番魅力だったんです。やっぱりどんな形にしようとか、飲み口はどれくらいの薄さにしようとか、考えを指先で実現させてゆく作業はおもしろいですからね。でもいまは断然窯焚きの作業です。ガスや灯油で焚くのではなく、薪窯にこだわり出してからというもの、こちらにはまりきりです。窯というのは、薪のくべ方、天候、器を置く位置、その他もろもろのことがすべて関係して、出来上がりが毎回違う。焼き終わって窯の扉を開けるまで、どんな風に焼き上がってるのか分からなくて、どきどきする。火の神様が降りてくる場所として、窯を神聖な場所と考えるようになりました」

「窯焚きはどのようなペースでされるんですか」

「半年に一回です。ここに来てからはまだ二度ですね。五日間、寝ずに窯に薪をくべ続けなくちゃいけないんですよ。ときには誰かに手伝ってもらいますが、大方一人で窯のそばに座り、薪を窯にくべ続ける。窯の周りはすごく熱くなるので、夏はさすがに暑くて焚きません」

お、わりとうまくできた。専門の陶芸については、やはりなめらかに話せる。さっきみたいに人生の必勝術とか聞かれると、訳が分からないが。なんだよ、必勝術って、サラリーマン向けの新書かよ。そんなのあるんだったら、おれの方が聞きたいわ。

「はい、じゃあ先生、普段通り、川の水質のチェックとかしてもらえますか。陶芸には使う水、大切だっておっしゃいましたよね」

水質なんていちいち見ませんよ、雨ふった次の日は濁るからその水は使わない、それだけです、と言えず、工房のすぐそばの小川の脇にしゃがみこみ、仕方なく手を水の流れに浸し、しかつめらしく目の前にかざしてみる。雫がぽたぽたと指先から落ちるが、もちろん今日の水が良い水かなんて分からない。

土は確かに大切で、いい粗さの土がないか、裏山に探しに行ったりはしてるけど、水はなあ、水道水より雰囲気出るかなと思って、川の水を使ってるだけだし、作品にどの程度影響があるか正直分からない。

陶器の良し悪しが決まるのは、二割が成形のときで、八割が窯焚きのときだと思ってるけど、素直に言えば、多分放映を苦々しい気持ちで見るだろう師匠から、わしはあんなこと教えた覚えはないぞとクレームが来るかもしれないから、全工程で工夫しているように見せなければ。

水を掬《すく》ったり、泥土と混ぜ合わせたりして、普段やってないことを見せるのも、この一週間の撮影で慣れっこになった。この番組は画的に分かりやすい動作と、すでに書かれた撮影コンセプトの台本によって進めているのだと、撮影が進むうちに分かってきた、クルーの撮りたい画を、気がつけば意識している自分がいる。ドキュメンタリーって真実であって、真実ではないのだな。

「では次は先生、この土地に対する思いを熱く語ってください」

「は？」

「ほら東京での二回めの打ち合わせのとき、作品のためにはどうしてもここに住む必要がある、って話をしてくれたじゃないですか。あれお願いしますよ」

今回ディレクターはとにかくロハス感を強調したいようで、やたらこの工房や工房周辺の自然の様子を撮っている。

「あ、はい、分かりました。えー、私がここに移り住んだのは、私の故郷であるここ小椚村《こくぬぎ》は」

「すみません！　まだカメラ回ってませんでした。もっかいお願いします。えーと、質問から行きますね。石居さん、この場所に築窯された理由は？」

「小椚村は養分の多い土と澄んだ川の水質が、陶芸に適しているからです。陶芸を学ぶために東京の大学に進んだ僕ですが、故郷という一番身近な場所に最高の資源が揃っていることを見逃してたんです。土と水が作品作りに欠かせないこの仕事のために、僕は美術大学を卒業してから、またこの地に戻ってきました。僕にとっては、制作過程も含めての芸術なんです。裏山から採れる土も、工房のそばを流れる小川の水も、器作りに最適でした。

また工房にはある程度の湿気も必要と僕は考えているので、その点もちょうど良かった。あと周りに住宅が少ないので、窯焚きの際思いきり煙を出しても苦情が出ない。薪もわざわざ買わずとも、山で拾ってきて斧で割れば自作できるし。器作りは原始的な、すべて自然からの恵みで育む作業なので、豊かな自然が近くにあると助かります。でも一番の理由はここが自分の故郷だということ。小さいころからなじみのあるこの風土でできる器はどんなだろう、どんな風にこの土地を映し出すんだろうと毎回、焼き上がるのがとても楽しみなんです」

「このあたりに子どものころ、もともと住まれてたんですか？」

前にも聞かれて答えた質問を、さも初めて聞かれたような振りをして答える。

「いえ、実家はまた別にありまして、この土地は工房用に一昨年から借りています。どうしてもこの小川に近い場所に建てたかったんです。すぐ近くの山にはイノシシが棲んでて、ときどき降りてきては田んぼを荒らしたりしています。僕は作品を割られないように、日干しのときなんかは気をつけて見張ってます」

山を背にカメラを回していたカメラマンが心配げに後ろを振り向いた。なんだおまえ、怖いのか、と樋口プロデューサーが彼をいじり、笑いがおき、和やかな雰囲気になる。鳥の鳴き声がして、小川もまるで童謡のようにさらさら流れているしで、東京から来た直後はせかせかした仕事人の顔をしていたテレビクルーも、いまは心なしか表情が柔らかく、険がない。

「いい場所ですね」

目を細めてのんびりと言う樋口プロデューサー。撮影は大変だけど、小椚村の良さを知ってもらえて良かった。

「はい、子どものころからこの村の大自然が好きで、大人になって戻ってきてから、またもっと愛着がわきました。僕の作品を通して、小椚村の良さを知ってもらえればうれしいです。本当に素朴な村なので年に一度の椚祭りだけがにぎやかな行事だと言ってもいいくらいですが、あの祭りの日に見た子どもの浴衣のみずみずしい鮮やかさや妖しさをどうにか表現したいと思って作った器のシリーズもあります。小椚村は僕にとってはイメージの宝庫で、作品作りと切っても切り離せない場所です。人と地域をつなぐ役割を、芸術を通して担っていきたいですね」

懐かしい山間の霧、土の香りがする雨上がりの空気、広がる田んぼとおとなりの農家が育てるこぢんまりした水なすの畑。細胞のすべてが故郷だと覚えている、懐かしい原風景。実家の古びた畳の匂いをかぎながら目をつぶるときが、一番よく眠れる。

一ヵ月後、テレビでおれの出演回が放送される十分前、茶の間のテレビの前でスタンバイしていると、玄関から引き戸を開ける音がした。

「おばちゃーん、おじゃまします」

戸を開けてから中の者に呼びかける、このスタイルはすうすけ以外はあり得ない。

「おまえさ、勝手に開けるのはいいけど、中に入るまえに名乗れよ」

「えー聞こえないだろ、いくら外で怒鳴っても」

「聞こえるよ、普通に。何の用で来たんだ？　会う約束してなかっただろ」

「テレビさ、おまえといっしょに見た方が、冷やかせておもしろいなと思ってさ。画面におまえがいて、横見てもおまえがいて、ってなんかおもしろいだろ」

「イヤだなぁ、おまえといっしょに見るの。いろいろ突っ込まれそうだもん」

「おれもさ、一度おまえんち来たとき撮られたよな。石居さんは子どものころどんな感じでしたか～、ってインタビューされただろ、あれが使われるか気になってるんだよ。もしおれが映って、あのかっこいい人は誰ですかっておまえのとこに問合せが来たら、ちゃんとつなげよ」

すうすけは小学生のころからの友達で、大学で東京に出ると一時疎遠になったが、地元に帰ってきてまた仲良くなったうちの一人だ。

同級生がみんな働いてる中、家が農家のすうすけは、真面目な父と兄が頑張ってるのをいいことに、ときどき家業を手伝う以外は、自室でゲームやネットをしたり、飲み歩いたりと好きにしている。創作している時間以外は暇なおれと、生活形態が似ていて、遊びたくなって電話すると、大概会える。

おれも大して変わらないが、すうすけは本物のニートなのに、まったく焦りがなくて、卑屈でもなく、明るいところが付き合いやすい。最近はしっかり会社勤めしている同級生たちとは、身にまとっている空気が違いすぎて、話しにくいことも多い。

「透、何があった、廊下が水びたしだよ」

居間へやってきた母親がそう言いながらあわててタオルを探している。

「すまんおばちゃん、多分おれだ。さっきスイカ、洗ったとこだったから」

すうすけはまだ表面の濡れてる小玉スイカを掲げた。

「もう、すうちゃんか。スイカくらい、つるっとすぐ拭けるでしょ」

「なんかめんどくさくてさ、怒らないでよ。はい、このスイカお土産だから」

受け取った母親が笑って礼を言い、また台所へ戻った。すうすけは母親とも顔なじみだから、まるで本物の親子みたいに気安く口をきく。

テレビから「灼熱列島」のオープニングテーマが鳴り響き、お、始まったとすうすけがテレビの前に座り直し、母親が台所から出て「お父さん、始まったよ」と浴室の父に呼びかけたあと、テレビの前に座った。

画面には樋口プロデューサーの言った通り、焼き物を作ってるふりをしてるおれが映ってる。

「おっ、いい感じじゃないか。男前に映ってる」

すうすけが手を叩いて喜ぶかと思えば、

「あいかわらず、とぼけた、とっちゃん坊やな顔だねぇ。苦労してないの丸わかりだよ」

と母親に言われる。まだ身体から湯気を出し、首もとにタオルをかけた父親も加わり、全員が身を乗り出して見るので、我が家のテレビ前は一気に「初めてうちにテレビが来たときの昭和の家族」みたいになった。

「やっぱりあれかい、どくろ回しのシーンとかも流れるの？」

「母さん、ろくろじゃなくて、どくろね。どくろ回してたら、おれ魔女みたいになっちゃうから」

「透、まだ反対になってるよ。なんだこの親子は」

すうすけが畳に転がって爆笑する。しまった、母親のドジにつられた。

「ごめんね、また間違えちゃったね。でも良かった良かった。まさかここまで立派な陶芸家になるとはねえ。風邪ばっかり引く透を苦労して育てた甲斐があったよ」

母は、けなしてたかと思えば、いまでは涙をぬぐっている。

「おれ、身体弱かったからなあ」

「逆にあれが良かったんだよ。外で遊び回らずに、家でいろんなことを吸収できたから」

おれはと言えば、気恥ずかしくて画面を直視できず、不思議な、罰当たりのような気がしていた。断りもなしにたまたま「灼熱列島」を視ている日本津々浦々の家庭に上がり込んで、滔々と話し始めたような感覚。受け手の側もそれを止めずに、ぼーっと聞いてる。やっぱり髪の毛を切ってから出れば良かった。

ピンポーンとチャイムが鳴り、玄関から引き戸を開ける音がした。

「こんばんは〜、果穂《かほ》です、おじゃましまぁす」

「わ、果穂まで来た」

「あ、もう始まってる」

果穂は居間に顔をのぞかせるとそう呟き、あわててかなり混んでるテレビ前に座った。

「果穂ちゃんいらっしゃい。大丈夫よ、いま始まったところだから」

「なんだよ果穂、今日は習い事に行ってたんじゃないのか。サボったのか？」

おれの言葉に、昔からのクセで、果穂は目を丸くする。

「サボるわけないでしょ！　お料理の教室行ってから、急いで帰ってきたんだよ。お母さんが忙しくて迎えに来てくれなくて、自転車思いっきり漕いで帰ってきたの。急ぎすぎて、ハンドルがぐらついて、田んぼに突っ込むかと思ったよ」

「何をそんな急ぐ必要がある」

「録画はしてあるけど、テレビのお兄ちゃんをリアルタイムで見たいから！　あ、映った映った！　きゃはは、お兄ちゃん、まじめぶってる～！」

「爆笑するほど変か？」

「変っていうより、お兄ちゃんて意識してきりっとすると、背筋伸ばしたペンギンみたいでカワイイんだよね」

「そういえば、果穂ちゃんの言う通り、透はペンギンぽい顔だね」

母親も同意して、画面に映るおれは口がクチバシっぽい、とか、目がつぶらできょとんとしてる、とか散々に評する。

四歳下の果穂とおれはお互い実家が近く（と言ってもど田舎なので五百メートル近く離れているが）親同士も仲が良く、すうすけと同じく小学校のころからの付き合いだ。昔からお兄ちゃんと甘えられ、高校を卒業し上京するときにはずいぶん泣かれた。

だから帰ってきたら喜んでくれて、家事手伝いの合間に、実家や工房にちょこちょこやってくる。正直なんとなく好意は感じるし、すうすけもにやにやしながら意味深な視線を送ってきて、微妙に居心地が悪い。

「全国放送で、こんなに長い時間取り上げてもらえるなんて、ありがたいねえ。オファーが殺到するんじゃないかい」

「おばさん、マネージャーみたいな目線になってますね」

「そりゃ、息子のこんなに晴れがましい姿を見たら、私だって張り切るよ」

「実は、もうすでに大きな仕事はいっぱい来てるんだ。青山の一等地での個展の誘いとか、あと松中隆二が出る映画が、たまたま陶芸家の話で、作品におれのを使いたいとかさ。映画の宣伝として松中隆二との対談もある。あとなぜか椚町の町長からも表彰されるって。小椚村の自然を守る会っていう、地元の名士が集まる会で、おれに理事の一人になってほしいんだって」

「お兄ちゃん、すごい！　でも陶器をちゃんと作ることは、おろそかにしないでね」

「それは気を付ける。浮かれてちゃだめだな」

「おまえ、浮かれてんのか。二十七にもなって、おめでてーな」

「うるさい、すうすけ」

　緊張しまくって臨んだ撮影だったが、編集された映像は、いつも通りの仕事人の熱血、躍動感を見どころとした「灼熱列島」風に作り上げられていたので、ほっとした。おれのだけ浮かなくて良かった。ちなみに一生懸命話した陶芸や小椚村についてのおれのコメントは、ほとんどカットされていた。

　最後まで画面のおれは冷やかされ続けたが、みんな集まってくれてテレビを見ていると、幸せな気分になった。美術大学に合格が決まって上京したとき、もう故郷には戻らないつもりだった。すべてがださく見え、のっぺりしたこの田舎には、芸術的なひらめきが何もないように思えた。でもこの自然に溢れた、なじみ深い雰囲気と親しい人の笑顔のあるこの土地こそが、イメージの宝庫だったのだ。戻ってきて本当に良かった。

　実家から工房までは近く、徒歩でも自転車でも通える距離なのが、車の運転が苦手なおれからすればありがたい。実家で昼御飯を食べ、東京からわざわざ運んできたお気に入りのマウンテンバイクを飛ばして工房へ行くと、着いた頃にはTシャツが汗だくだった。Tシャツは実家で洗濯してもらおう。工房に替えのシャツがまだ残っていればいいんだけど、実家と行き来している間にあっちにだいぶ持ち運んだから、微妙だな。

鼻歌を歌いながら、デニムのポケットから鍵を取り出し、ドアの鍵穴に差し込む。ドアを開けるとき、いつも誇らしい気持ちになる。この工房はおれが仕事のために建てた、おれだけの城だ。

中へ入ると、見知らぬ女がろくろを回していた。

だれだ⁉

血の気が引く。

濡らし過ぎた土が泥になって飛び散るなか、回り続ける電動ろくろの中心で、女の手が支えている、麦わら帽子みたいにやたら口の広がった器の端がゆがみ、へにゃへにゃになって、塊ごと床へ落ちた。女がゆっくりと顔を上げた。

だれだ⁉　なんでおれの工房にいる⁉

この事態に最初におれが思ったのは、ああ床に何も敷かずに作業を始めやがって、汚れがつくじゃないか、泥って干からびると床から剝がすの大変なんだぞ、だった。気が動転しすぎて一周空回りして、現実逃避的思考回路が作動したのだろう。おれに気づいた女はあわてて、水を含みすぎてびちゃびちゃになった土を床からろくろに戻し、泥の水玉を一層盛大におれの工房に飛び散らせた。

「ちょっと、何してるんですか。勝手に入ったんですか」

普通なら怒鳴ってもおかしくない場面だが、相手は自分より明らかに年上の女性なので、辛うじてトーンを抑えた。おれを見上げた女の顔や眼鏡には泥が飛びはねていて、ぼうっとした表情のまま手で顔をぬぐうと、手についた泥がさらによごした。

「おかえりなさい」

こもった声を聞き、思い出した。あいつじゃねえか！　ほらあいつ、名前分からんけど。いつもおれの個展にやってくるあの女だ。

「この前のテレビ越しに私にくださったメッセージの、真意を教えてくださいませんか」

淡々と冷静そうでいながら、おかしな内容を早口でしゃべる女、たしかに覚えがある。ああ、田舎に帰ってから、こいつの被害止んでたのに。

「メッセージなんて送ってませんよ。何してるんですか、人の工房で」

どうやって入ったかを聞くまでもなく、工房の窓が開いている。

「あなたがテレビを通して投げてきた私への質問に答えようと思って来ました。いつかまた個展を開けたらうれしい、でもいまは作品作りに徹したいとあなたは言ってたけど、私が前にあなたの個展に行ったときに、言いたいことがあるならいつでも言ってください、個展じゃないときでも、いつでも、と言ったのは、個展を開かないほうがいいという意味で言ったのとは違いますよ。あなたはつい仕事に夢中になって私の意図を取り違えることがあって、でもそれはあなたの仕事への熱心さと思ってるから許してあげられるんだけど、個展は関係なくあなたはいつでも私のところへ来て、三年前の話の続きとか最近の作品群〝かがやく魚の胸びれ〟や〝土と水の祈り〟と『yosemite』の六月号インタビューを通しての私への〝果たして故郷での創作は可能なのか〟という質問を、直接聞きに来ていいんです、だから私もわざわざ小椚村まで新幹線に乗って来たわけだし」

いますぐ逃げ出したいが、女の後ろの棚にはここ一ヵ月かけて作った作品群が並んでいる。おれがいなくなったあとこいつが暴れて壊されたらたまらない。女はまだ訳の分からないことを呟いている。おれを見ようとはせず、ぐるんぐるん回り続けるろくろも見ようとせずに、指紋だらけで脂じみてる厚いレンズの眼鏡の向こうの輝きのない引っ込んだ眼で、おれが知らない知りたくもない異次元の世界を眺めている。

「とにかく、住居不法侵入だから、出ていってください。おれの仕事道具からもいますぐ手を離して、出ていって、もう二度と来るな」

「ちょっと待って、怒らないで、早とちりしないで聞いてください。あなたの気持ちは分かります。でも私がろくろを回したのは理由があって、それはあなたが練馬区の『ひと・まち・ふれあい』というタウンペーパーで、〝どんな人でも心を込めて作ればその人なりの作品ができる、だからやったことのない人にこそ経験してもらいたい〟と言ってて、これは偶然なのか、あなたの勘が鋭いのか分かりませんが、ちょうど私が初めての焼き物を仕上げた日の三日後だったんですよ。あのときの作品をあなたが見たがると思って保管していたけど今回ここに来るに当たって見直したら出来は良かったけど古びてるから新しいのを渡せば、私もあなたの持論に賛成だということを分かってもらえると思って」

「いいから、早く出てってくれ！」

大声を出すと女は腰を浮かし、おどおどしながらドアから部屋を出た。

「分かりました、今日は帰ります。ろくろを使ったのは軽率でした、大事なお仕事道具にさわってしまい、すみません」

「今日だけじゃなくて、もう二度と来ないでください」

「ごめんなさい、お仕事の時間が始まってしまいますよね。ひとつだけ伝えたいのは、〝私はもう準備できているから、どうぞ安心してください〟ということです」

「は？　全然意味分からないです」

「分かってると思います。あ、でもあなたは硬派だから、言いにくいって私も分かってますから気にしないでください。急ぎません。ただ私もこんな風にわざわざ伝えに来るのは大変だから、今度からはテレビやインタビュー記事を通して言うんじゃなく、直接言ってください」


「おんりーユ〜〜〜♪って古いんだよ馬鹿」

仕事場から逃げ出してすうすけの家に駆け込んだら、おれから話を聞いたすうすけは自分で歌い出したくせにそう突っ込んで、ぎゃはぎゃはと笑った。笑う話か？　こいつだってじっさいにあの場にいたら、戦慄したはずだ。映画『ゴースト』のちょっとエロティックなろくろ回しシーンにたとえた冗談なんて言えるはずない。

「まいったよ、もう。なんとか追い出して帰らせたけど、また来るんじゃないかと思って全然仕事に集中できなかった」

「わざわざこんな辺ぴな田舎まで来るなんて、よっぽどおまえのファンなんだな。そのおばさん」

すうすけが、うちの茶の間のテーブルに置いてあるせんべいを、なんの遠慮もなく音を立てて何枚も食う。こいつ、夕飯食ってないな。実家暮らしで毎日ちゃんとした食事が出るのに、すうすけはこんな風に菓子か酒で夕飯を済ませる。

「あの人はどこでも来るよ。公表してないようなイベントにもいつも来てた。初めはびっくりしたけど、慣れちゃって警戒を怠ってたんだよな、おれも」

砂原美塑乃《みその》。過去にもらった手紙やアンケート用紙を保管している箱を漁ったら、心当たりのあるブツが出てきて、あの女の名前が判明した。

一番古い記憶はたしか、美術大学の卒業制作の展示会のときだから、もう五年も前だ。

「石居さんの作品ばかりずっと見てる女の人がいますよ。手紙を書いたけど、どうすれば本人に届くのですか、って聞かれちゃいました」

展示会の受付をしていた後輩がくすくす笑いながら教えてくれて、おれは一瞬うれしかったけど、その二人の女子たちの含み笑いが気になった。横でそれを聞いてた友人たちがおもしろがって挨拶しようという話になり、いつも午前中に来ているというので、おれはあまり気が進まなかったが翌朝みんなで行くことにした。

　果たして砂原はいた。しかし、関係者以外だれも見に来ない展示会で、朝一番に一人うつむき、ただの一学生が作った、不器用な陶器を眺めている砂原の姿に、彼女の外見云々を超えて、ひたすら誰か第三者に認めてもらいたい美大生たちは心を打たれた。砂原の外見は年相応の控えめな装いだった。小学校の頃の眼鏡をかけたおばさん先生を思い出させた。

　はしゃいだ気持ちを抑えきれず、友達が隠れていた柱から飛び出すと、砂原は驚き、おれが出てくるとますます驚き、しかしその驚き方は感情を素直に発露するのではなく、驚くたびにぎゅっと凝固していくような、無表情だった。

「こいつのこと、いつも応援してくれてるみたいで、あざーっす」

　友人が言い、砂原は何か口ごもりつつ言ったが聞き取れず、挙動不審と時代遅れの分厚い眼鏡が、彼女の生きにくさを表していた。しかし支離滅裂でありながらもおれの作品を誉めようとしているのは伝わり、自分の幼少の頃にこのような色合いの陶器があり好きだったが割れてしまったみたいなことを口ごもりながらも一生懸命に話され、不器用だけど芸術の分かる年配女性なんだと、みんなが和んだ雰囲気のなか手紙を受けとり、別れた。

しかし手紙を読んで、砂原は陶器を鑑賞していたのではなく、作者名の横に貼られたちっちゃいおれの写真にだけ執着していたことが、すぐ分かった。一度読んだだけで捨ててしまったが、とにかくあなたとは運命を感じたから一度会いたい、いや会うべきだ、みたいな内容だった。その後砂原は機会があるごとにおれの前へ姿を見せた。どんな小さなイベントや談話会にも必ず来た。個展で客に説明をしているときも、すぐそばに立ち、おれからじっと目を離さなかった。否が応にも彼女の存在は目立ち、おれの周囲ではだれもが知ってる有名人になった。

そういえば去年の春の個展で気持ちの悪い手紙を寄越してきたのが最後だった。昔の恋をテーマにして作品を作った、というおれの発言をどこかで読み、なぜか怒り、しかしなぜ怒っているのか何回読んでも分からない手紙だった。私以外の女をテーマにして作品を作るなんて、今回はとても遺憾だったけど許すから、二度としないように、という主旨だけはぼんやり飲み込めたので、どうやらおれは砂原の脳内彼氏になっているらしいと気づいた。

砂原は個展にやってくるたび、おれの発信した情報を受けとり、おれからの愛情を確信に強めていたのだ。

これは、本当にやばい人だ……。ついにこの田舎の工房にまで来てしまった。

「おばちゃん、聞いた？　こいつの珍騒動」

「聞いたよ、ファンのおばさんが工房に入ってきたんでしょ？　私と同じくらいの年だっていうじゃない、実家《こっち》の方に来てくれれば、お茶くらいは出してあげたんだけどねえ」

「おい、もしじっさいに来ても、絶対にお茶なんか出すなよ。家に入れてもだめだ。いつも一方的に話しかけてくるだけなのにおれと付き合ってると思うほど、異常に思い込みが激しいんだから、次は嫁気取りになるぞ」

本気で言ったのに、すうけも母親も爆笑した。

「えらいのに好かれてるんだねえ。いくら変人だからって、相手は女なんだから、手荒なことしちゃあんたが捕まっちゃうよ。注意なさいね」

「暴力はふるわないけど、早く退散してほしいよ。でもなんか、何言っても通じない感じがするんだ。おれがメディアで言ったこととか、ぜんぶ自分へのメッセージだと思い込んでるみたいだし」

「目にうつーるーすべてのーことはー、メッセージ♪」

「それなんの歌だっけ」

「ユーミン。ちーいさいころーはー、かーみさまがいてー、ふーしぎに夢をー、かなえーてくれたー。ぐへへ」

「そんな風に歌うなよ。元は良い曲だろ」

すうすけはストーカーっぽいねっとりした目つきで首を縮めて、歌いながら物陰から見てくるジェスチュアをする。

「カーテンをひらいてー、しずかなこもれびのー、やさしさに、包まれたなら～、きっと～」

おどろおどろしい歌い方で両手をふるわせてこちらへ伸ばしてくるから、思わず振り払った。

こいつらはちっとも分かってくれない。でものんびりした、家に鍵をかけないのが当たり前の小椚村でこんな話をしても、変わった人もいるもんだねえとやんわり流されてしまうのも無理はない。カエルの鳴き声や犬の遠吠えが聞こえる中、ごくまれに道を通る車のヘッドライトが窓を外から照らすような場所で、危機感を持てというのも無理な話だ。でも唯一、果穂だけは心配してくれた。

「勝手に工房に入るなんて犯罪だよね、そりゃびっくりしたでしょう。プライベートで一度も会ったことないのに、お兄ちゃんのこと恋人と思ってるなんて、ちょっとおかしいよね。厚かましいよ、私たちよりずっと年上なのに、分別が無さすぎ。運命とか偶然とか持ち出して相手との共通点を勝手に並べ立てたり、あげく住居不法侵入するなんて、そうとう頭のネジがゆるんでる」

本気で心配してる。眉をひそめた深刻な表情の果穂にほろりとくる。よく見れば薄化粧をしていて、子どもだと思っていたけど、昔より薄くなった、いまは尖らせている上唇が大人の女性の形をしていて、どきりとした。

「それにしても、東京の人なんでしょ？　よくこんなところまで来たよね。なんでお兄ちゃんの工房の住所が分かったのかなあ？」

「テレビ見て情報を得て、探したんだろ」

「でも小椚村って言ったって広いよ。番地までは言ってなかったんだし、普通はなかなか見つけ出せないよ」

「普通はな。でもあの女はほんと粘り強くてリサーチ能力があるんだ。どこにも告知してない、友達の陶芸家のヘルプで行った個展まで見つけ出したくらいだ。どこで知ったんだよってびっくりしたよ。テレビの画像を確認しながら、Googleマップとか使って居場所はじき出すくらい、あいつなら簡単にやる。あーあ、調子乗ってテレビになんて出るんじゃなかったかな。まさか工房にまで来るとは思わなかったから」

「そうだね、お兄ちゃんの本業とかけ離れた仕事だし、テレビには出ない方が良かったかもね。警察に通報はしないの？」

「まあ、もう来るなって強めに言ったたし、これで反省してくれたら、おれはそれでいいから」

「もしまた来たら？」

果穂がほとんど泣き出しそうな目でおれを見上げたから、あせった。

「そんな心配しなくても大丈夫だ、狂暴ではないし、また来たとしても、相手よりはおれのほうがもちろん強いんだから、追い返せるし」

「そうじゃなくて……お兄ちゃん、また引っ越ししたくなるんじゃない？」

「へ？」

「変な人が来るようになって、仕事ができなくなったからって、また東京に行っちゃうんじゃない？」

果穂の眼から涙が一粒こぼれた。

果穂は、まだおれが好きなのかもしれない。上京前は、正直好かれてるのには気づいてた。でもおれには果穂は仲の良い妹としか思えず、東京での出会いも期待していたから、気づかないふりをして去った。そして今回帰ってきて、とっくにおれのことなんか忘れてほかの男と付き合ってるだろうと思っていた果穂が、昔と変わらない笑顔で、お兄ちゃんおかえりと迎えてくれたとき、心の底からくつろいだ気持ちになった。でもそれが、果穂のやさしさから来るものなのか、恋愛感情から来るものなのか、判別しがたかった。

「戻らないよ。小椚村はおれのいまの創作の源泉と深くつながってるし、全国区のテレビ放送で、これからも小椚村で作品作りしていきますって宣言しちゃったしな。それにおまえや、家族もいるし」

いままで果穂には頭を軽く撫でるくらいのスキンシップしかしたことはないが、勇気を出して、頭を引き寄せて抱いた。果穂がおでこだけをおれの胸にくっつけて固まる。おれも果穂も照れて、相当緊張した空気が流れたが、果穂がばかか、という風におれの胸をぽかぽか叩いて、こっちを見上げて笑ったから、和んだ。そのままキスしたかったが、顔じゅうで笑うと、やっぱりあまりに昔のままの果穂がいて、罪悪感が先に立ち、うまく先へ進めない。

翌日、母親から頼まれて果穂の家へ、たくさん届いたお中元の菓子箱の一つを持って行った。おれと果穂の家はちょくちょく食べ物を届けあう仲で、それはおれたちが小学生のころからずっと続いている。

呼び鈴を押すと、果穂が引き戸を開けて、照れくさそうに身体を半分だけ出して、こちらを見上げた。

「昨日会ったときに渡してくれればよかったのに」

「用意してたのに、渡し忘れたんだって。うちの母さん、ほんとドジだよな。でもすぐ近くなんだし、わざわざってほどでもないけど」

「せっかくだから、あがって。私の部屋をひさしぶりに見てってよ。高校のころ以来でしょ」

おれが東京から帰ってきたとき、果穂はとても喜んでくれた。一度は捨てたつもりの故郷が温かく迎えてくれるその光景に救われた。

彼女の家も昔と変わらず、おばちゃんが出してくれる麦茶の味も同じだ。

果穂の部屋はさすがに昔とは変わっていて、大人っぽくシンプルになっていたが、出窓に置いてあるミニチュアの家の中に、古ぼけた小さなぬいぐるみが飾ってあったので、取り出すと水色のペンギンだった。

「すごい！　お兄ちゃん、見つけるの早いね」

「え、これがどうした？」

「やだ、覚えてないの？　お兄ちゃんが小六のころ、柵祭りの射的で取ってくれたぬいぐるみじゃない」

長年の時を経て色あせたぬいぐるみを、いくら見つめても思い出は戻ってこない。なにしろ小六のときだもんな。

「覚えてないなら、返して。ふんだ」

果穂が口をとがらせ、頰をふくらませた。

「お、そのクセは覚えてるよ。怒るとふくれる」

「そんなの覚えてもらっても、うれしくない」

「まあ怒るなって。果穂はずっとこれを持ってたのか」

「うん。〝お兄ちゃんと似てるあのペンギン取って〟ってお願いしたら、お兄ちゃん何度も挑戦して、やっと取ってくれたんだよ。だから宝物」

「だろうな。子どものころのおれって、射的で鉄砲うつのとか、苦手そう」

「いまもでしょ」

「だな」

指でちょっと動かし、ぬいぐるみもうなずかせたあと手渡す。

「お兄ちゃん本当に帰ってきたんだね。いま実感がわいた。おかえりなさい」

果穂は微笑んだ。

テレビ出演の影響は、思っていたよりもずっと大きかった。砂原が仕事場に何度もやってくるようになり、仕事も次々舞い込んだ。まったく一長一短だなと思いつつも、やっぱり一長のほうが大きかったなと、いままでまるきり声のかからなかった媒体からの仕事依頼のメールを読んでほくそ笑む。引っ越してから二ヵ月にいっぺんしか行かなかった東京に、新しい仕事の打ち合わせなどで月二回は行くようになった。

小椚村で作品を作り、売り込みのために上京する生活は、よいリズムを生み出し、気分転換にもなって、自分の仕事が軌道に乗っていると確信できた。

小椚村に帰り、梱包した作品を送るために郵便局に行ったら、局員さんが汗を拭きながら奥の部屋から出てきた。

「こんにちは、今日も暑いねえ。また東京に送るのかい」

「そうなんです、いつも通り時間指定は朝で、割れ物注意でお願いします」

おれが村を離れている間に転勤してきたという局員さんは、伝票の午前に丸をした。

「最近頑張ってるねえ。送るペースが上がってきてる」

「はい、テレビに出たら注文が増えて、張り切ってます。頼まれるうちに作っておかないと。人気商売なので」

「へえ〜、テレビ出たんだ。言ってくれりゃ良かったのに、見逃したよ」

「すみません、今度出るときは言います」

「ほんと人気が出たんだねえ、そういえばあなたのファンって人が、あなたがどこに住んでるのか聞きに来たことがあったよ」

軽く殴られたみたいに頭がくらくらして目の前が暗くなった。

「そうですか。いつですか」

「覚えてないけど、確か三週間ほど前だったかな。いや、郵便局は住所は教えられないから断ったよ。でも商店街中聞き回ってたんじゃないかな。ここ来たあと、向かいのパーマ屋にも入っていったよ。熱心そうな人だったねえ。会った？」

会ったも何も、工房に行ったらいましたよ。工房にたどり着く前に、懸命にリサーチを重ねてたんだ。人に聞いて、この村のいろんな場所に足を運んで。

工房の前で立ち尽くす彼女を見たとき、驚愕より先に、絶望した。いや、心のどこかで分かっていたんだ、簡単に追い払えるはずないと。

「言ったでしょう、もう来るなって」

おれの言葉に、やっぱり訳の分からない言葉を投げつけてくる砂原。輪ゴムを五分巻き続けただけで、半日間ずっとあとが残っていそうな、ぱんぱんにむくんだ手首が、おれがドアノブを握るのをさえぎった。乱雑に結んだ髪の毛の隙間から地肌がくっきり見えていて、思わず目をそらす。糀《こうじ》のような、米が発酵したときの匂いが漂ってくる。

うんざりするのが普通だけど、指紋だらけの眼鏡の向こうから覗く、こちらを見ているようで別の世界を見ている奥目と視線が合うと、水にぐっしょり浸かるような恐怖がこみ上げてきた。よくいままで平気だったな、どうして話しかけられても普通に応えられたんだろう。

黒い沼の広がるうつろな砂原の瞳と、神経質にカチカチ鳴る小さな歯。太い剛毛の頭髪は闇とつながってる脳みそを養分にして、肩まで伸びている。むくんだ太い首はブラウスの黄色っぽく汚れた襟に食い込んで、指の爪には何が詰まっている？　茶色い三日月が十本の指すべてに律儀に浮かんでいる。

いったいこいつはだれなんだ？　おれとはまったく他人のはずだろう？　なのになぜ、おれの目の前から消えてくれない？

逃れるように工房に入り鍵をかけ、ろくろに向かうが、砂原のイメージが頭にこびりついて離れない。なにか清らかなイメージを思い浮かべようとしても、砂原と目が合ったときの異世界感が立ちはだかる。

砂原は一日おきに訪ねてくるようになった。どこに泊まっているのか、日ごとに疲れを増して、口元のしわは深くなり、服はよれて汗臭くなっている。ホテルといえば榊町《さかきちょう》にしかないけど、そこに泊まっているのだろうか？　仕事はしていないようだが、どうやって宿泊費を払っているのか？　距離もだいぶ遠いはずだが？　わざわざ本数が極端に少ないバスでやってくるのか？

想像がふくらんで、工房のすぐ裏手の山で寝起きする砂原の姿が思い浮かんだ。

「早く答えをください、私ももう限界ですから、櫛を無くしたんです。早く答えをください」

何を答えろというのだ。無視を決め込むが、本当は走って逃げ出したくてしょうがない。しかしおれが怖がっていることを知れば、もっと大胆な行動に出そうな気がする。無視する、おまえの存在など大きくないと振る舞うのが、おれの唯一の抵抗だ。

砂原はおれが外出中のときは工房のポストに手紙を放り込むようになった。ノートの切れ端には青のチョークでスキデスと書かれ、女らしい花柄の便箋には赤いボールペンで、いっしょに死んでと書かれていた。しわくちゃに丸めたごみみたいな紙には、調子に乗ってメディアに出るな、私だけのものでいてと書かれていた。会ったときは訳は分からないながらも丁寧な口調で話してるけど、本性はここまで過激なのかと書き殴られたでかい文字を見て戦慄する。殺人予告一歩手前じゃないか。工房で寝泊まりする夜は、山で野宿している砂原の映像が頭から離れない。

一刻も早く仕事場を離れたいが、冬の個展、秋の窯入れに向けて、夏のいまから成形をしないと間に合わない。緊張が集中力を高めたのか作業はうまくいったが、少しの物音にも敏感に反応してしまうから、いつもの倍は疲れた。

風通しの良い屋外に設置した乾燥棚も砂原対策のために工房内に移動させた。自分の敷地だからと工房の外のいたるところに放り出していた仕事道具も、持ち出されると困るので、工房の中に仕舞った。薪小屋に置いてある鍵つきのボックスに入っているチェーンソーも心配だったが、工房に置くスペースがないし、鍵がついてるからまあ大丈夫だろう。

山で寝起きする砂原のイメージが頭から離れない。カーテンを締め切っても裏山に面している窓が気になるから、かならず実家で寝るようになった。ある朝、いつもの時間より早めに工房へ行きポストの箱を開けると、たっぷりと真っ赤なケチャップが中にぶちまけられていた。

「警察に届けようと思う」

ケチャップのくだりを聞いて爆笑していたすうすけは軽々しくうなずいた。

「いいぞ、いいぞ。ストーカー犯罪で刑務所にぶちこんでやれ。相手が女でも被害があるならイケるだろ」

「当たり前だ、男も女も関係あるか。気味の悪い嫌がらせが不快なのは、人類共通なんだよ」

「そうだね、ひどいことされてるもん。待ち伏せに、はじめのときは住居不法侵入だもんね。お兄ちゃんすごくやつれたよ」

「あんまり寝てないからな。仕事がはかどらないのに、仕上げなきゃいけない作品がいっぱいある」

幼なじみの二人をまえに愚痴ばかりで恥ずかしい。でも不機嫌が抑えられない。言葉にできずもどかしいのは、迷惑という気持ちより、未確認生物と遭遇したときのような、胸の下から突き上がってくる不気味さと訳の分からなさだ。謎の生物と接しているせいで、いままでとてつもなく呑気に見えた山間の、高い建物のない山に囲まれた景色や、子どものころから見慣れすぎたこの実家の茶の間さえ、いびつに見えて、自分一人だけが違う世界にずれてゆく。この二人の笑顔もこんなだっけ？　夏の空気の中でやけにリアルな表情筋をまじまじと見てしまう。

「おまえ、目がぎょろぎょろしてるぞ」

「ごめん、なんか……ぼーっとしてた」

「悩んでるんでしょう。大変だよね、本当に。あのね、警察に届けるのもいいと思うんだけど、それがもしどこかから漏れたら、いま活躍してるお兄ちゃんのじゃまになるんじゃないかなと思うと、それもくやしいよね」

「うん、それはおれも考えてた。おれの作品は小椚村をテーマにしてるのに、そこでストーカーと戦いながら作ってると知れたら、器から安らぎを感じられないものな」

「漏れるって、週刊誌に書かれるとか？　無いだろ、心配しすぎ。透のことなんて、誰もかぎまわってないし。あ、砂かけばばあ以外はね」

「砂かけばばあって、そのストーカーのこと？」

お茶を飲みながら、果穂がすうすけに聞く。

「ああ、砂なんとかって名前らしいから。なかなか良いネーミングだろ。まあ気にすんなって透、あっちもずっと拒絶されてりゃあきらめるだろ」

「でもCMの仕事が入ったんだよ。その悪影響にならないかが心配だ」

「CM⁉」

すうすけと果穂が驚いた顔で声をそろえた。

「すごいじゃないか、なんでそれを先に言わないんだよ、もっとニュースじゃないか、それ。なんの宣伝すんの？」

「コーヒー。自分で作ったカップで飲んでもいいって」

「すごいね、そんな話が来るなんて。でもお兄ちゃん、その仕事引き受けるの？　いま露出が激しいと砂原さんを刺激するかもしれないし、ほかにも変な人を惹き付けるかもしれないよ。いまは本業の作る仕事に集中して、ひっそりしておく方がいいんじゃないかな」

果穂の目を見ると、本当に心配していて、もの哀しい靄が瞳を曇らせていた。とても親身になって、おれのことを考えてくれている。

「ありがとう。確かにそうかもしれない。でも人気を得て収入を安定させることも、仕事を長く続けていくために、重要な要素だと思うんだ。いま飛び上がる時期な気もする」

「当たり前だよ、ＣＭなんておいしい話、断る奴はばかだ。金もいっぱい入って、おまえの趣味道楽みたいな仕事も、長く続けられるじゃないか。やっちゃえやっちゃえ」

「またすぅは、いい加減なことばっかり言って」

すうすけと果穂が子どものころに戻ったみたいに言い争っている中、肺が苦しくなって自然にため息が出た。

「お兄ちゃん、あんまり無理しないでね。お兄ちゃんはなんにも悪いことしてないんだから」

「うん、そうだよな」

「なんにもしてないってことはないだろ」

「どういう意味だよ、すうすけ。おれ別にあの人に何もしてねえぞ」

「モノ作って売ったり、いろんなとこで発言したりしてるじゃないか。笑顔で前向きなこと言って雑誌にでも出たら、超絶孤独な人間は、自分にだけ微笑みかけてくれたと思うんだよ」

「……それはおれが悪いのか？　だとしたらどうすればいいんだよ」

「分かりません」

「なんだそりゃ」

こんな風にファンに生活を脅かされることも、仕事の一部と思え、ということだろうか。アイドルや俳優でもないのに？　確かにテレビには出たけど、そんな運命、到底受け入れられない。ファンはファンとしての礼儀を守って、仕事場にまで押しかけて来てはいけない。作品を買ってくれるのはありがたいけど、プライベートまでは面倒みきれない。


翌日仕事で東京へ行った。ふと急に会いたくなった大学時代の昔の恋人と二年ぶりに連絡を取り、カフェで待ち合わせした。

ひさしぶりの彼女は記憶の中と少し趣が違っていて、しかし間違いなく彼女は彼女だったので、粗い昔の面影がいまの現実の彼女と重なりあって、思い出の方が淡く消えた。美大生だったころから、個性の強いファッションと性格の学生が多いなか、彼女は透明感があったが、それは今でも変わってない。

「透くん、だいぶ日に焼けてるね。海にでも行ってきたの？」

「小椚村は日差しがきつくてさ。縁側にいるだけで焼ける、自転車に十分乗っただけでも」

「小椚村ってあなたの故郷だっけ？　帰省してたの？」

「移り住んだんだよ、半年前に。それも知らせてなかった？」

「うん、知らなかった」

「そうか、じゃ、テレビも見なかったんだ」

この言い方じゃ、別れた恋人に、ちょっと有名になったのを、言いたくて言いたくてしょうがないみたいじゃないか。顔が熱くなり、発言を取り消したかったが、彼女はただ微笑んだ。もともと色素が薄くて染めなくても茶色い髪の毛が、日に透けて綺麗だ。

「テレビに出たんだ、見てなかったな。あなたが特集されたの？　いつ放送されたの？」

「いや、たいした番組じゃなかったんだけどさ。出たおかげで仕事はちょっと増えたけど、変な人も呼び寄せた。映像でおれの工房が映ったのを手がかりにやって来たらしくてね」

「変な人って、弟子にしてください、って言ってきたりとかしたの？」

「まさか！　昔っからのファンの女の人だよ。前はイベントに来るくらいで済んでたんだけどさ、この前工房に行ったら、おれのろくろ回してたんだよ」

「ろくろ！」

彼女は笑いだした。やはりみんなこの話をすると笑う。

「それは大変だったね。あ、一個思い出した、変な電話が私にも来たことあったよ」

「え？　きみに？」

「うん。あなたと別れてからしばらくしてかな、携帯に非通知で無言電話がかかるようになったの。出たり出なかったり、てきとうに無視してたんだけど、ある日出たら、〝石居透といますぐ別れろ！〟って女の人の声でものすごい勢いで怒鳴られたの」

背筋がすっと冷たくなる。砂原か？

「怒鳴られて、腹が立ったから〝もう別れたわよ！〟って叫び返してやったら、かかってこなくなったけど」

「誰だろうな、あの女が君の携帯番号まで知ってるとは思えないし」

「さあね。当時は私はあなたが私と別れたあと、誰かさんとごたごたやってるんだろうと思ってたんだけど」

「いや、ない。君と別れたあとは、正直へこんで、女どころか人付き合いもほとんどしてなかった。ずっと東京の工房にこもってたよ」

「そうね、電話を受けたときも、ちょっと違和感があったの。あなたとよく会ってる人とか、近しい人なら私たちが別れたって知ってるはずだなと思って」

「そうか。悪かったな、変な電話でびっくりしただろう。かかってきたときにおれに連絡して、言ってくれても良かったのに」

彼女は黙って笑うだけで、その沈黙で別れてから一度も連絡を取っていなかったことを思い出した。えらくあっさり別れたなと思ってさびしかったけど、そこに向こうの強い意志が関係してたのかなと、なんとなくだけど、ふと感じた。

おれたちの別れは、いつもと変わりない普段の平日の早朝に訪れた。目覚ましのアラームをさんざん鳴らして彼女がうめきながら起き、出社の支度をしてから、おれにキスして、何か話しかけてきた。もう少し寝ていたいと、彼女の手を振り払ったら〝あなたは、普通に暮らす人間の苦しみを全然分かってない〟と言われてふられた。同棲していた部屋から彼女は一週間も経たないうちに、自分の荷物を全部持って出て行った。恐ろしく迅速な対応だと思ったが、前々から別れについては考えていたらしい。まだ稼ぎも充分にない、駆け出しの自分は、ちゃんと社会から必要とされて給料をもらって働く彼女に劣等感を抱いていたが、彼女は彼女で、会社に縛られず好きなことをして自由に働くおれに、距離を感じていたという。

「離れてからずいぶん経つけど、うちから出て行ったあとは元気にしてた？」

彼女は昔と同じ笑顔で笑う。

「それは普通会ってすぐ聞くことでしょ」

「ごめん、月日が流れたことが会ったときから不思議な気がして。会わなかった期間の長さが、会った瞬間吹っ飛んだ」

「ほんとに吹っ飛んだらいいのにね」

「吹っ飛んだと思えば、吹っ飛ぶよ。また会えるかな」

「うん、ときどきなら。こんな風に友達として、楽しく透くんと話せるようになったのはうれしい」

彼女と別れ、おれには仕事しかないと無理やり割り切ってがんばってきた二年間を経て、いまなら現在といっしょに過去も連れてこられそうな気がした。欲張りだろうか、仕事に集中できる穏やかな日々は守り続けたいが、彼女を見ているうちに、過去も持ってきてこそのおれの未来だなと感じた。

「忘れないで。あなたは人の感情に鈍いところがある。だからこそ、作品を作るときにあれだけ集中できるんでしょうけど。そういうところも好きだった。色々見落とさずに、しっかり現状を把握して。あなたなら、できるはずだから」

小椚村に戻り、翌朝、実家から工房へ行くと、窓が割れて、部屋の真ん中に石が転がっていた。作品は無事だったが、ガラスの破片が床に散らばり、ポストには山で集めてきたと思われるさまざまな虫の死骸。生きてるのを殺したのか、かまきりはまだきれいな緑色だった。他にも何も書いてない白い封筒に蛾の死骸が入っていた。感情を押し殺して後始末をして、部屋の掃除をしてから椅子に座り、焼きものの装飾をしようと釉薬を溶いたが、描けない。筆が一ミリも進まない。

そりゃそうだ、作品は感情や感性で作り上げるものなのに、それを押し殺したら、何も出てくるはずない。

引っ越そう。一時的でもいい、ここを捨てて、以前と同じように師匠の窯を借りて作品を仕上げよう。大丈夫、自分の窯で焼こうが、それほど違いはないさ。賢明な判断が必要だ、非常事態が起きたら臨機応変に対応しなくちゃいけない。長年の好意が積年の怨みに変わるとき、居場所が知られてると思うと、とても平静じゃいられない。だらだらしていては、取り返しのつかない事態になるかも。

でも住みたい場所が他にない。引っ越しする気力がわかない。いまの場所を飛び出して仕事を通常通り続ける元気が、どうしても出ない。

不思議だ。おれが女だったなら、自分とは体力差もある男のストーカーにいつ襲われるか、不安でたまらなくなるだろうが、おれは男だ。砂原はじわじわと嫌がらせをして卑劣だが、面と向かって攻撃してくることはない。なのに、単純な嫌がらせで、こんなにも日常が壊れてゆく。

気にしなければ、適当にあしらえば普通の生活は送れる程度の被害のはずなのに、些細な嫌がらせから日常が瓦解していく。やはりおれのメンタルが豆腐なせいなのか。

いろんな考えが浮かんでは壊れて消えて、はかないシャボン玉の思考が頭からはみ出て部屋中を埋め尽くし、気がつけば片づけたガラスの破片をくるんだ新聞紙を手に持ったまま、小一時間部屋をただ右往左往していた。

ああ、だから犯罪なんだな。はたからみれば、少し滑稽な痴情のもつれみたいに見えるかもしれないけど、もとの生活が取り戻せなくなるほど、ストーカーは破壊力のある行為なんだ。これは、された人にしか分からないだろう。

依頼をたくさん引き受けてしまったせいで、仕事はたまる一方だ。期日が迫ってるのにまったく終わらず、仕方なく真夜中まで仕事を続けるはめになった。なんとかめどがついたのが夜中の二時で、今夜はここで寝ようと、部屋の電気を消しに立ち上がったら、カーテンの隙間から、窓の外をさっと人が横切ったのが見えた。

もう、声にならない。おれは今夜も見張られている。震える手で携帯を摑み、すうすけに電話するが、寝てて電源を切っているのか、何回かけてもつながらない。あ、ほかにだれにかけたらいいだろう。親にかけたら、こちらも応答がない。

「どうしよう、どうしよう」

あいつはドアのところに立っているのだろうか、それともまだ窓のそばにいるんだろうか？　それとも、笑いながら周りをぐるぐる回っていたり？

「気合入ってるな。どんな顔で覗いてたんだ？　眼鏡曇らせて、ハァハァしてたか？」

「表情まではよく見えなかった。あとさっと隠れやがったし。でも間違いなく、いた」

朝になりようやくおれからの着信に気づいたすうすけが工房に来たが、一睡もできなかったおれは、すうすけの顔を見ても話す元気がなく、ずっとうなだれていた。

「ストーカーのストーカーをしてやろうか？　おれが」

すうすけが、アイスを食べながら提案する。

「は？　何いってんだ、おまえ」

「だからな、おまえはあいつのことを警察に通報したくないけど退けたいんだろ？　それなら自分たちで警察みたいなことをやるしかないじゃないか。あいつは陰では投石とか脅しの手紙とか、犯罪まがいのことをしでかしてる。やってる現場を押さえて、おまえ何やってるんだって問い詰めれば、さすがにあっちも気まずいだろう。写真を撮って見せて責めてもいい。やくざみたいにすごめば、自分の身も危険と知って、退散するんじゃないか」

「出てった振りして、おれの工房を張るってことか」

「おまえがこっそり戻ってきても、ばれる確率は高いだろう。なにしろ砂かけばばあはおまえの行動の一挙手一投足を監視してるみたいだからな。そこでおれの出番だ。目立たないところに車を停めて、漫画読んで菓子でも食いながら、おまえの工房見張っててやるよ。まずは写真で証拠固めだな」

「おれのいない間、ずっと張ってるのか？　相手がいつ行動起こすか分からないのに？　そんな暇あるのか？　家業の手伝いはしなくていいのか」

「田植えが終わったから大丈夫だ。ただし、証拠を押さえた写真を撮れたら十万円。そのあと、もう二度としないようおれが説得して、奴がもう来なくなったら二十万円の報酬、頼むぞ」

「やっぱ金取るのか」

「当たり前だろ、CMだのなんだので稼ぐなら、はした金だろ、それくらい。探偵に依頼したらもっとかかるし、おまえが自分でやったら、いませっかく乗ってる時期なのに、創作の時間を奪われるぞ。ここはおれに任せろって」

いままでの嫌がらせの証拠は、もしものときのために全部とってある。証拠写真が加われば、よく知らないが裁判でやったやらないを争うとき、有利になるかもしれない。

「説得はともかくとして、写真は確かにほしいな。高いけど。おまえだったらここらへんぶらついてても、ほかの住民に不審がられないだろうし」

「よし決まりだ。今晩から張るよ。てか、あいつが来たらあいつをつけて、行動を監視するほうが楽かな」

「ずっとつけてたら、さすがにばれるんじゃないか」

「じゃあ張り込みと追跡、用心しながらバランスをとって交互にやるぞ。やったー夏休みのお小遣いだー」

それから何時に工房に向かい、何時に工房から出るかを、毎日メールですうすけに報告するようになった。

「すぅにしてはいいアイデアじゃない。私も時間あるときはお母さんの車を借りて見張りに行くから、すぅができないときは言ってね」

買ってきた野菜を流しで洗いながら、果穂がおれに微笑みかける。果穂の実家は濃い茶色の床の色みも、小さな仏壇も、縁側に脱ぎ捨てられた健康サンダルも、何も昔と変わらない。ただいつも母親が料理を作るのをおれと居間で待っていた果穂が、みずから台所に立っている姿が昔と違ってて新鮮だ。

「いや、おまえは来るな。鉢合わせでもしたら、誤解されて標的になるかもしれない」

「別にいいよ。私だって、その人に言ってやりたいこともあるし」

きゅっと蛇口をしめる動作に、静かな怒りがこもっているのを、後ろ姿からも感じた。

「いや、ほんと危険だからだめだ。おれいまストーカー事件についてネットで見たりしてるんだけど、被害者本人じゃなく、被害者の家族や仲裁に入ろうとした友人が殺されてるケースも多いんだ。ましてやおまえみたいなかわいい子は」

彼女と間違えて嫉妬されるだろと言うつもりだったが、かわいいという言葉で果穂の背中がちぢこんだのが見えて、同時に恥ずかしさがおそってきて続きが言えない。

「おれの工房なんかじゃなくて、どっかもっと楽しいとこ行こうよ、二人で」

さりげなく言ったつもりだったが、声がうわずった。

「いっしょにどこか行く？　いいね、行きたいな。どこがいいだろう」

「どこでもいいよ。これからでもいいし、週末でもいいし」

「これからも行きたいし、週末も行きたい！」

振り向いたエプロンをつけた果穂の目が輝いている。そうだ、おれはこういう目を見たかったんだ。欲にまみれてない、純粋な愛情がわき出てる瞳。

「はは、元気だな。じゃあどこ行こうか」

「週末は海に出たいな。今日は公民館のあたりまで行きたい」

「公民館？　近いから日暮れまでに行けそうだけど、あんなとこ行って楽しいか？　さびれてるだろ、あそこ」

「いいの、いいの。お夕食の下ごしらえができたら、散歩がてら行こっ！」

手を動かすのが急に早くなった後ろ姿に癒やされる。人を喜ばせることで辛いときでも満たされると気づいたのは、大人になってからだ。

ひぐらしの鳴くなか畦道を果穂と連れだって歩き、公民館の近くまで着くと、こっちこっちと果穂が公民館に入らず脇道にそれた。

「どこ行くんだ？　この先の道になんかあったっけ」

答えないまま果穂は、敷地内が草ぼうぼうに繁った、どう見ても廃墟の小さな建物に向かう。

「プラネタリウム。子どものころ、いっしょに見に行ったの覚えてる？」

「覚えてない。いや、あったかな。でもどう見てもつぶれてるだろ、これ」

「うん。もう十年も前に廃業になったの。こんな星なんて降るほど見られる田舎で、いくら子供の学習用っていっても、流行らないよね。でも放置されて撤去されずに、そのまま。中にも入れるの。ときどきいまも子どもたちが来て、おばけドームなんて言って遊んでるよ」

果穂が錆の浮いたチェーンをまたいで、草むらと化した中へ入ってゆく。おれも続くが、ビーサンを履いた足に草がちくちく当たる。

「はやくはやくー」

果穂は半開きの入り口の前でおれを手招きした。

プラネタリウムの中は客席部分は荒廃していたが、かつて星空の映っていた球形の天井は白くなめらかなまま、結構きれいに残っている。星空を映し出す投影機が撤去された中央の台座には、空き缶が二つ転がっていた。その空き缶さえ古く、いまではどこの自販機でも見かけない銘柄だ。

「二人でこの席に座って観たの、覚えてる？」

果穂が後ろの方の席の埃をハンカチで払い、ちょこんと座った。

「席まで覚えてるわけないだろ。むしろ果穂はなんで覚えてるの。十五年前のことだぞ」

「もーお兄ちゃんはなんにも覚えてないんだから。私が覚えてるのは、生まれて初めてのデートだったからだよ」

デートってノリだったか〜？　と茶化したくなったが、座席に座る果穂がかわいすぎて、廃墟の中の景色にいる姿が儚くて、うまく言えそうにない。ぽんぽんと、隣の座席を叩く果穂につられて、腰をおろした。

見上げる白く丸い大きな天井には、もう星は映らないけど、かすかにおぼろげに、十五年前の記憶が映し出される。

「おれ、ポップコーン食べてたっけ？」

「食べてた！　映画館と間違えて、お兄ちゃんポップコーン買って持ってきたんだよ。やっと思い出してくれた！」

果穂がはしゃいで手を叩く。

「ほかは覚えてる？」

「いや、なんかそれだけ頭によぎった」

「なんでそんなのだけ覚えてるの？　じゃあ上映中に私が怖くなって泣いたのも覚えてない？」

「……当時から気づいてなかったんじゃないかな。暗いだろ、上映中は」

頰をぷっと膨らませる果穂のしぐさが、何度見ても昔と同じで懐かしい。

「あり得る。お兄ちゃんって自分が夢中になれること以外は、ぼんやりした子どもだったもんね、いまもだけど」

「いまの話は余計だろ。でもなんで泣いたんだ？　お化け屋敷じゃあるまいし」

「小学生だったけどまだ暗やみが怖かったの。あと星だけが映ってるときは良かったんだけど、星座の巨大なイラストが隙間なく天井を埋め尽くして、時間の流れを表すためにぐるぐると回り始めたとき、とても怖くなっちゃった。うみへび座とか牛飼い座とかさ、やけにリアルで巨大なイラストに見下ろされてると、宇宙にはこれくらい大きな神々や動物がいて、毎夜私たちを見下ろしてるんじゃないかって想像して、恐ろしくなって」

「感性が豊かな子どもだなあ」

「ううん、お兄ちゃんの方がすごいよ。私が泣きながら〝星座ってこわいね〟って言ったら、〝夜空のいれずみだな〟って言ったの。それ言われてからプラネタリウムを見上げると、たしかにいれずみみたいに見えた。不思議な感性に圧倒されて、私は涙が引っ込んだよ」

「そんなこと言ったんだ、ガキのおれ」

「うん。だからお兄ちゃんが美術大学に行ったとき、この村から出ていって悲しかったけど、そうだろうなって納得する部分もあった。幼いころからお兄ちゃんには、普通の人とは違う世界が見えていたから。だから、うれしいんだよ。お兄ちゃんが認められて、いい作品を作っているいまが。だってずっと心のなかで応援してたんだもん」

こんな風にずっと陰で支えてくれてた人が、おれにはいたんだ。故郷を飛び出して、全部自力でやってきたと思い込んでいたけど間違いだった。この場所が、果穂が、支えてくれていた。

「ありがとう。おれ、小椚村に戻ってきて、本当に良かった」

そっと果穂の手を握ると、果穂はこれ以上ないほどうれしそうな笑顔になり、遠慮がちに肩に頭をもたせかけてきた。涼しい風が開いたままのドアから入ってきて、夕方の気配がする。二人で手をつないで帰ろう。プラネタリウムはなくなったけど、おれたちの頭上には降ってきそうなほどの天然の星空が毎日広がる。

屋外での天日乾燥が理想だったが、室内乾燥でも置く場所を日なたにして天日に当てていたのが幸いして、作品はいい具合に乾いた。いよいよ窯入れして焼成の段階に入る。半年に一度の、陶芸家の儀式ともいえる大切な工程。しかし焼成は五日間ずっと火の番をして窯を二十四時間見張り、陶器のために最高のコンディションを作らねばならない。いまの不安定な状況でちゃんとやり遂げられるだろうか。

「砂かけの写真、撮れたぞ。でも嫌がらせの瞬間までは撮れなかった。ごめんな。五万でいいよ」

一週間おれの工房を張ったすうすけが言うには、砂原はかなり巧妙に嫌がらせをしている自分の姿を隠ぺいしてるらしい。この一週間でされた嫌がらせは、お決まりの、許さないとかひきょう者とか赤字で殴り書きをした紙と、びりびりに破かれていたが、つなぎ合わせると小椚村を歩くおれを隠し撮りした写真、だった。いずれもおれが工房を離れたときにポストに入れられたのだろう。ドアも蹴られて一部泥がついてへこんでいた。その間も、もちろんずっとではないが、すうすけは張っていたはずだ。

「ドアを蹴ってたとこぐらいは、目撃しなかったのか？　目立つと思うけど」

「見なかったな。さすがに夜明けはしんどくて張れなかったのが原因かもしれない。やっぱり本物の探偵じゃないからな。でも、夜通し車から双眼鏡で見張ってた日もあったんだぞ。がんばってた方だと思うが」

「うん。いや、そうだよ、本当にがんばってくれた。撮れた写真、見せてくれ」

すうすけに渡された写真には、炎天下おれの工房の前で、ぼうっと立ち続ける砂原が写っている。何枚もあるがときどき砂原の服装が変わるぐらいで、のどかな田舎の風景が写り込んでるのもあって、のんきな趣きさえある。でもおれにとっては恐怖だ。砂原はずっとドアを隔てたすぐそばで、おれが出てくるのを待っているのだ。もしいたら嫌だと思ってたしかめなかったけど、やっぱりいたんだと知り鳥肌が立つ。物音はほとんど聞こえなかったから、本当にただずっと立ちつくしていたわけか。

「砂かけは朝の十時に来て、夕方になるとあきらめたかのように、うなだれてこの工房の前を離れて帰るんだ。帰る時間が決まっていて、あと数時間したらおまえがここから出てくるのに、いつも惜しいところで帰るから不思議だなと思ってたら、砂かけは十八時四十分の駅行きの最終バスに乗ってたんだよ。車で追跡して判明した」

すうすけがテーブルに置いた写真には、本数が少なすぎて地元民はほとんど使わないバスの後ろ姿が、ぶれて写っていた。

「駅に着いたあとも尾行したよ、ちゃんと。偉いでしょ、おれ。生半可な探偵じゃないよ。ど田舎のおかげで電車の本数が一時間に一本なのが幸いしたよ。車を駅の駐車場に停めてからもっかい戻っても、まだ駅のベンチにいた。椚町駅で降りたからついてったら、ここ入ってった」

写真には、小椚村に比べると都会といってもいい、といっても本物の都会には遠く及ばない町の、どこかの建物に入り込む砂原の姿があった。

「なんの建物だ？」

「安いドミトリーだよ。若いバックパッカーが二、三千円で泊まる、四人一部屋みたいな宿だ」

「裏山に潜んでるわけじゃなかったのか、ほっとした。でもおかしいな。そんなにバスの時間をきっちり守って帰る奴が、真夜中に嫌がらせのためにまた小椚村まで戻ってくるかな？　そもそも足がないだろう」

「早朝に来てるのかもな。あのバス、本数は少ないけど一応六時台からあるだろ」

「さっきはいつも朝の十時ごろ現れるって言ったじゃないか。この一週間、おれも仕事の進み具合が気になって、朝早くから来ることも多かったんだ。でも砂原の姿は一度も見なかった。呼び鈴が押されるのも、すうすけの話の通り、だいたい朝の十時過ぎだ。あとおかしいと思うところもあるんだよな。いままで嫌がらせはもっとランダムな時間帯に発生してたんだ。昼間、おれがちょっと実家で飯食べて、戻ってきたら、血っぽく赤インクを飛び散らせた石がドアの前に積んであったりね。でもこの一週間は新聞配達みたいに規則的に、おれが工房を出たあとから、またやってくるまでの間に為されてる。まるで見張られてるのに、気づいているかのように」

一人で呟いたあとはっと思いついて、顔面蒼白ですうすけを見た。

「おい、耳貸せよ。顔をもっとこっちに近づけろ」

「なんだよ気持ち悪い」

嫌々ながら差し出された耳にごく小さな声でささやく。

「おれたちの会話、盗聴されてたんじゃないか」

「はあ？　おまえ、ドラマとかの見すぎ」

「でもすうすけが見張りだしてから悪事をしなくなるなんて、タイミング良すぎだろ。どこまで知ってんだ、おれのことって思うようなことが、砂原に関してはいっぱいあったんだよ。おれたち、ここでストーカーをストーカーする話をしてたじゃないか。以前忍び込んだときに部屋のどこかに盗聴器を仕込んでいたとしてもおかしくない」

「そんな頭の回る奴かあ？　おれが見張ってたときも、ドアの前にぼーっと突っ立って、呼び鈴を遠慮がちに二回ならして、あとはまたぼーっとしてたぞ。それに盗聴してるなら、おまえがいるのかいないのか分かるだろ」

「分かってるけど、おまえに見張られてるのも分かってるから、わざと分からないふりをするために不在のときにも訪ねてきたのかもしれない」

「ややこしいなあ」

本棚の裏やコンセントのカバーを開けて中に盗聴器を仕掛けている砂原が頭から離れず、戦慄がかけめぐる。部屋中をチェックしなければ。

「とりあえずあと一週間続けてくれるか。盗聴してたとしても、いつまで見張られてるかは知らないはずだから、そろそろ尻尾を出すかもしれない」

「まじで？　見張り、いざやってみると退屈でしょうがないんだよなぁ。車から出られないし、長い時間拘束されるし」

「頼むよ。現場を押さえた写真が撮れなくても、報酬は渡すから」

「そっか。分かった、じゃ、やるわ」

すうすけの切り替えの早い明るい声にも、現金だなと笑えず、工房の前に立ち尽くす砂原の後ろ姿の写真から目が離せない。じっと見つめていると、日光に照らされた、黒々した後頭部が、いまにもこちらに振り返りそうだ。見張られていると知りながら、しおらしさを装って夕方に宿泊先に帰り、真夜中駐車場に停めたマイカーを鬼の形相で走らせて、おれの工房へ向かう砂原の姿が、頭に思い浮かぶ。

陶芸関連の本が入った書棚の位置をずらして、裏に盗聴器が張りつけられてないか確かめるが、埃しかない。椅子の裏、携帯電話の電池パック、コンセント付近、電動ろくろの死角、カーテンレールの隙間。思いつく場所を次々に覗き込んでみるが、不審物は見当たらない。大体、盗聴器ってどんな形をしてるんだろう。ネットで調べてみなきゃ分からない。

「どうだ？　盗聴器っぽい器械はあるか？」

部屋中探し回るおれを呆れたように眺めていたすうすけが、ささやき声をかけてくる。

「無さそうだ。でも分からない、想像もつかない場所に仕込んであるのかもしれないし」

「じゃああれ買おうぜ、盗聴器があったらウィーンて鳴る探知器。楽天とかなら売ってそうだ」

「おまえ、やってみたいだけだろ」

「ばれたか。前テレビで探偵の業者がやってたの見て、おもしろそうだったんだよな」

すうすけの提案を馬鹿らしいと笑い飛ばせず、本当に真剣に探知器購入を考えだしている自分に、うまくついてゆけない。またこの感覚だ、元いた世界から引きずり出されて、違う世界へ無理やり連れていかれる感じ。

「じゃ、おれ帰るわ。盗聴器探すのに熱心になりすぎるなよ。おまえまでおかしくなるぞ」

「ちょっと待ってくれ。写真はこれだけか？　もっといっぱいあったじゃないか、あれ全部見せてくれ」

「大した写真はもうないよ」

「でも一応。何か証拠が写り込んでるかもしれないだろ」

おれの居留守にあきらめて立ち去る砂原のぶれて写った頭部、一番近いバス停から、やってきたバスに乗り込む姿。ふと、バスの対向車線から走ってくる車に目が向いた。

「これ、果穂んちの車じゃないか？」

空色のミニバンは果穂の家族が共有して使ってる車によく似ているが、遠すぎて運転手の顔が見えない。

「ああ、そうだな。たぶんあそこの家のだ。この道路まっすぐ進んでも、お前の工房以外特に何もないから、果穂がお前に会いに来たんじゃないか？　あいつ、おまえのことになるとやたら一途だからな」

「いや、果穂には工房には危ないから来るなって言ってあるんだ」

「じゃあ似たような他人の車じゃねえの。いくら田舎だっていっても、ここの住民じゃない人間だって来るときもあるさ」


「あ、行ったよ私」

次に会ったときに聞いてみると、果穂はあっさり認めた。

「お兄ちゃんが留守って分かったから帰ってきたけど」

「工房には砂原がいるかもしれないから、来ちゃだめだって言っただろ」

「ごめん。でも差し入れしたくなっちゃって。怯えながら仕事してるって思ったら、元気づけたくて。私だって何かお兄ちゃんのためにしてあげたいもん」

「来るなら実家に来てくれ。頼むよ」

果穂と砂原が鉢合わせするのが恐ろしい。おれを好きと言いながら自分が好きなだけのあの自己中な女が、おれに近しい女に会ったら、何をするか分からない。

最近はストーカー対策の本をアマゾンで取り寄せたり、ネットで関連のページを閲覧したりしているから、おれにもストーカーの知識がいくらかついてきた。ストーカー殺人で多いのは、意外にもストーカーが執着している標的ではなく、その人の親族だったり親しい友人だったりする。もちろん恋人の場合も。ストーカーは執着してる相手がほかの人間に頼ったり、守られたりするのを見ると、こいつが自分と相手との仲をじゃましている、と独自の腐った思考で逆上するらしい。おれの元彼女の電話番号を入手したり、おれの盗撮写真を持っているあいつなら、果穂の存在をすでに嗅ぎつけている可能性は高い。

いまは用心しているのか、砂原の攻撃対象はおれの工房周辺に限られているが、実家や果穂にも攻撃が及んだら……。機嫌よく歩く果穂の背後に忍び寄る影、視界が真っ赤に染まり、思わず目をつむる。

「心配してくれるのはうれしいけど、私は平気だよ？　もしあの人と会ってもきっぱりと言いたいこと言うし」

「いや、絶対にだめだ。言って分かる人間と、分からない人間がいる。砂原は後者だ。どう転ぶか分からないのに、危険を冒してまで賭ける必要はない。あとあんまり夜遅い時間に外出しないよう注意してくれ。最近の砂原の犯行は、真夜中が多いんだ。おれの工房だけじゃなく、実家のあるこの辺りもうろついてるかもしれない」

果穂の目がさすがに恐怖で満ちる。この平和な小梛村では、見知らぬよその土地の女が深夜に徘徊するなんて、想像もできない事態だ。果穂の頭に手を置き、安心させたくてしっかりと撫でる。

「心配するな。あの女の件は、おれがなんとかするから大丈夫」

このごたごたが終わったら果穂に告白しよう。彼女が何より得難い宝物だと、長い時間かかってようやく気づいた。小梛村でいっしょに、協力しながら生きていきたい。

安全に果穂を迎えるためには、努力しなきゃいけない。守るものができると、心がすっと落ち着いて、恐怖心が消えた。おれに度胸がないと、果穂を幸せにできないし、おれも幸せになれない。何をそんなにびびってたんだろうと、急速に平常心を取り戻した。仕事も窯入れの時期で、一ヵ月工房を離れられない。厳しい残暑のなか、屋外の窯に火をいれて、汗をだらだら流しながらがんばらなくてはいけない、陶芸家としてはもっとも体力の要る時期だ。おれはこの工房も守らなくてはいけない。

よし、今日から窯入れだ。おれは火を焚き、器を焼成する。なぜなら、陶芸家だから。

工房へ戻り、小川のそばの手製の窯へ近づく。器を並べようと窯に入ったら、階段つきのすり鉢状になった内部の二段めに、置いた覚えのない塊があった。取りだして外で見てみると、新聞紙に包まれた何かだ。嫌な予感がする、もちろんこんな物はおれは置いてない。また虫の死骸だろうか。いや、この重さ、子猫とかモグラとか小動物の死骸であってもおかしくない。本当は中身を見ずに放り出したい。でも、果穂の顔を思い出せ。守るって決めたじゃないか。嫌がらせの物品にも対面できないようじゃ、ストーカー本人に立ち向かうなんて、到底無理だぞ。

手袋をつけたまま新聞をはがすと、中からは萎びたイモが出てきた。

脱力したあと、ふつふつと怒りがわいてくる。イモも一緒に焼けってか。窯の炭火で焼きイモおいしいよ、ってか。馬鹿にするにも程がある。火の神様をお呼びする場所、神聖な窯にイモを置いて帰るなんて。窯が屋外に出てるのをいいことに、窯焚きの時期にならないと気づかない、こんな小ネタを仕込んでおくなんて。

何日入ってたのか分からない干からびたイモを焚き場のゴミ箱に捨てると、運んできた器を並べ始めた。今回焼く作品群の中には個展の目玉にするつもりの自信作が含まれている。自分で言うのもなんだが、とても出来がいい。ＣＭのときに使おうと思うマグも入っている。焼きの工程も成形する工程と同じくらい大事だ。火加減も重要だし、なんといっても何回焼くか、うまく見極めなければいけない。

窯焚きは焼き上がるまでは出来が分からないから、ひょっとしたら形が醜いほど歪んでいたり、下手すれば割れている可能性もある。だから予備もいくつか作ったが、全滅しないように、どうか火の神様、よろしくお願いします。

さあ、ようやく半分並べ終わった。薪をくべて火を入れるまで窯の前の椅子に座っていよう。燃え盛る火に薪をくべ続ける五日間、寝ずの番でただでさえ窯のそばに居続けなければならないが、砂原にいたずらされないよう、念入りに見張らなければならない。

窯から離れて工房へ戻ったとたん呼び鈴が鳴り、こめかみに筋が浮き出るほど強く歯を食いしばった。意を決してドアを開けると、呼び鈴を鳴らしたくせにおれを見てびっくりしている砂原の顔を睨んだ。

「なんの用ですか」

「あ、えっと……約束のこれです」

砂原は布製の肩掛け鞄の中を探り、やけにふくらんだ日記帳みたいなものを渡してきた。

「なんですか、これは」

嫌々ながら中を確認すると、ものすごく古い写真が糊で一ページに二枚ずつ貼られていて、写ってるのは若いころの砂原ばかりだった。それもほとんどが一人で写っている。年代はばらばらでおもちゃのアヒルを持つ無表情の昭和っぽい子どもの写真の次に、いまでは考えられないようなソバージュの髪型をした砂原がよく分からない事務所の片隅で呆然と突っ立っている写真が貼ってある。

「わざわざ実家から写真を送ってもらって作ったんですよ。あと、これ」

手渡されたのは、コンビニなどの無料ラックに入っているような、お中元のカタログ。一度濡らしたのかがびがびに乾いて歪な形になったその紙には、和菓子やハムなど、いろんな種類のお中元の写真が並んでいる。

「欲しいもの、選んでください。なんでもいいですよ」

「もおおおお！　なんなんだよ、うぜえええええ!!」

アルバムとカタログを地面に叩きつけた。熱さで理性の底が抜ける。熱すぎて、空気は爛《ただ》れて、焼けたアスファルトや高熱に苦しむ人間の体内のようなむわっとした外気に、野性の部分がはみ出る。薄着になってるのは身体だけじゃない、心も剝き身に近いまま、荒々しい目つきでけんかできる相手が周りにいないか見回してる。遠い場所へ飛びたい、腹のなかに砂が詰め込まれてるみたいだ。どうやって解決すればいいか？　解なし。そうだ、答えのない悩みもある。洞窟の行き止まりの壁のまえで、どうやったら進めるか考えている。素手しかないのに。

「おまえから何かが欲しいなんて、おれは一言も言ってないだろ！」

砂かけは固まり、探るようにおれの目を見た。

「え？　私と将来一緒になるために、何か私の大切なものがほしいとメッセージをもらいました」

「だから、おれはそんなメッセージなんて送ってないってば！　あんたの夢の中のできごとだろ」

「いえ、たしかに承りました。あなたの友人が私に伝言として、あなたに一番大切なものを捧げるのをあなたが待っていると」

ぞっとする、これ以上妄想には付き合えない。聞いているこっちまで頭がおかしくなってくる。

「とにかくおれはあんたからなにもほしくない。唯一の要求は立ち去ってほしいってことだけ。前言っただろ」

「いえ、それもご友人からの伝言で、あなたは口では私に出て行けと言うが、じっさいは仕事中に私がそばにいることで心強さを感じてると」

「そんなわけねえだろ！　もう二度と来るなよ」

思いきりドアを閉めると、乾燥棚の器の一つを思い切り床に叩きつけて割った。それほど出来のいい器じゃなかったが、作品を割るなんて初めてだ。


窯内に器を並べながら、『犬神家の一族』さながらに後ろから斧を持った砂原が襲いかかってくるイメージが思い浮かび、つい振り向いてしまうが、誰もいなくて小川のせせらぎだけが聞こえる。

日が暮れる前にすべての器の窯入れが終了して、しっかりと窯の入り口に鍵をかける。夕方、一旦実家に帰り、夜十二時ごろに裏口から出て、いつも使ってるマウンテンバイクを使わずに、抜け道を通って工房へ戻り、あらかじめ開けておいた窓から静かに中に入って、電気もつけずに、暗闇の中待ち続けた。

その夜は何もなかった。明け方ひっそり工房を出て実家に戻り、また数時間後に工房へ行き、窯入れした器を並べ替えたりした。しかしやはり夜は何もなく、翌日も同じ生活。

寝る時間がないから、きつい日々だ。そんなに簡単に現場を押さえられるわけがないのは覚悟していたが、あと何日この生活を続けられるだろうか？

というか、やっぱり砂原にはおれの行動がばれているんじゃないだろうか。もしかして体内にGPSを仕込まれてる？　膝のぷっくりした骨を尋常じゃない瞳で見つめている自分に気づいて、激しく首を振る。だめだ、頭がおかしくなってる。やり遂げるには正気を保たないと。

真夜中の二時半、真っ暗ななかでじっとしていると、かさと音が聞こえた。ような気がした。もちろん一睡もせず聞き耳を立てていた。静かに起き上がると立ち上がってドアの方へ歩いて行く。

一昨日の昼に、ポストに鍵をつけた。ポストに何か突っ込むことが砂原の憂さ晴しになっているみたいだから、ここを塞ぐと次は何されるか分からない、と思って不安だったが、これによって砂原の行動が何か変わるのを狙っていた。長くつきまとわれてきたせいか、不本意ながら、奴の行動パターンがなんとなく見えてきた。

あいつには、自分のメッセージをなんとかしておれに伝えたい、自分の出す命令のようなメッセージを、すべておれに受け取らせたいという、強迫じみた意志を感じる。だからポストが無くなれば、どこかてきとうな場所ではなく、危険を冒してでも、絶対におれが見るところにメッセージを置くはずだ。

ドアの下からすっと紙切れが出てきて、思わず飛びのくが、音を出さずにこらえる。手で覆いながら携帯の明りで照らすと、紙には赤文字ではっきりと、

死ね

と書いてある。かっときた。とんでもなく卑怯な女だ、こんなやり方で人の気力を奪うなんて。

静かにドアを開けると、夜の闇の中にぼうっと後ろ姿の人影が見える。動悸を抑えながらサンダルを履き、音をさせずに玄関から出ようとしたが、サンダルの底が砂をこすった。人影が振り向きもせず駆け出してゆく。こちらも思いきり駆け出して、家の前の小道を走る人影を追う。

「待て、ふざけるなくそアマ、止まれ」

大声を出すが相手の逃げ足は速く、でも当然男のおれの足の方が速いからどんどん追いつく。

そうだ、相手は女だ。本気で戦えばおれの方が強いのは当たり前だ。やられた分、こってり脅して怒鳴り返してやる、ははは。夜になると香る名前も知らない木の、白

い花の香りがかぐわしい。夜に花咲く、女の香水みたいな妖艶な香りが、おれを怖いものなしにさせてゆく。

だいぶ追いついて、もう少しで相手の背中に手が届きそうになった。

あれ？　これって、もしかして？

足が止まる、伸ばしていた腕がだらんと下がる。

立ち尽くし放心しながら、走り去って闇にまぎれてゆく人影を見送った。


「幽霊だったんだろ。じゃないかと思ってたんだよ、ぜんぶお前の妄想だった、これが答えだ。ほら、もとは素人のくせにちょっと人気が出てきて、作品もたくさん作らなきゃいけなくなったし、慣れない環境のストレスで妄想が膨らんだんだ。砂原なんかいない、手紙はお前本人が書いた。

ほら、おれの推理当たってるだろ？　なんとなく察してたけど、おまえがかわいそうだから、おれも周りの人間もおまえのほら話に付き合ってたんだよ。あ、でもそういえばおれ砂原目撃してたわ。写真まで撮ったわ。実在するか、あいつは。じゃあ、結局どうだったん？」

犯人を追いかけるのをやめたあと、すうすけの家に直行した。深夜だったから、すうすけは初め眠そうで不機嫌だったが、おれの顔色を見て、何かあったのだと気づいて、急にわくわくした顔でおれに話を促した。

「果穂だったんだよ」

「は?」

「砂原じゃなくて果穂だったんだよ。おれが追いかけてた女は」

「はあ?」

すうすけはぽかんとしたあと、寝ぼけてたころの顔に戻った。

「あいつ、おまえのこと好きじゃなかったっけ?」

「恨んでたんだ。おれも気づかなかったけど。〝死ね〟って書いた紙を夜中に持ってくるほど。ほかの脅しの手紙もぜんぶ、果穂だったんだ」

「まだ分からないだろ、手紙はもっと早くに置かれててさ、果穂はおまえのことが心配になって夜見にきただけとか。でもおまえに工房に行くの禁止されてたから、怒られると思って逃げたとか」

ああ、そうかもしれないと、すうすけの言葉を反芻したら、絶望的な気持ちがすっと楽になった。でもこれは逃避だ、現実を受け止めないと。重苦しく首をふる。

「おれはドアの下から手紙が出てくる瞬間を見た。それから少しだけ待ってドアを開けたら、人影があり、追いかけたら果穂だった。手紙を置いたのは彼女で間違いない。夜中にばれないようにやってくる行動も、あきらかにおかしい」

「その人影、ほんとに果穂だったのか？　おまえの見間違いじゃないの。もしくは果穂が砂原になんか弱味を握られてて、仕方なくやらされてるとか」

否定するのも肯定するのも疲れて押し黙る。ちょうどおれの胸あたりまでのあの背の高さ、細い肩の感じ、走るたびに揺れてた肩までのきれいな髪。間違いなく、果穂だ。幼なじみで告白までしようと思っていた相手を間違うはずない。砂原におれを本当に殺すぞ、などと脅されてやらされていた、と信じられれば楽だが、わざわざ砂原を問いつめなくてもその可能性が無いのは、残念ながら分かる。砂原はもっと別世界を生きていて、気の強い果穂を脅して言いくるめられる技量は持ち合わせていない。

追いかける足が止まったのは驚きすぎたせいじゃなくて、振り向かせるのが怖かったから。果穂がどんな表情でおれを見るか、知りたくなかった。

すうすけの家から実家に戻ったあと、何も考えたくなくて、眠ろうとしたが、だめだった。うっすら眠りにはいる寸前になるといつも果穂の顔が思い浮かんで、苦しくなる。屈託なくおれに愛情を注いでくれた、あの笑顔も、あのしぐさも、嘘だったのか？　プラネタリウムに行ったのも、おれを油断させるため？　好きにさせておいて、あとからおれを苦しませていた正体は自分だと暴露してあざ笑うつもりだったのか？

いや、そんなことはない、こちらに戻ってきたときからいままでの果穂との触れあいで、演技だった部分なんかないはずだ。いや多少演技や嘘が入ってたとしても、全部じゃない。果穂もきっと大変だったんだ、どんな真実が出てきても彼女を許そう……。

ようやく寝入ったとたんに母親の声で起こされた。

「あんた、いつまで寝てるの。体の調子でも悪いの？」

「いや、やっとこさいま寝ついたとこだったんだよ……」

「そうだったの！　悪かったねえ、もう夕方なのに部屋から全然出てこないから、死んだのかと思ったよ」

「最近ほとんど寝れてない」

「あのファンのことで悩んでるのかい？　あの人にも困ったもんだね、透がやさしさで警察に届けないのに甘えて、いつまでも苦しめて。もし次来たらすぐ電話しなさい、母さんも父さんといっしょに飛んでって、説教してやるよ」

「いや、いい……」

もうすでに問題は違う局面を迎えてるんだよ、母さん……。どう相談すればいいか分からないほど複雑な形で……。

「じゃあゆっくり休んでなさい。夕飯はおまえの分も作っておくから、好きなときに食べて」

「ありがとう。でもなんか用があったんじゃないの？　手になんか持ってる」

「ああ、これね」

母親はいま思い出したという風に、何か詰まったスーパーの袋を持ち上げた。

「家庭菜園でとれたなすを、あんたに松本さんちまで持ってってほしいなと思って。このままえオクラもらったからね。家で果穂ちゃんが留守番してるらしいから、あんたが行けばいいかなって。でも疲れてるだろうから、私が行ってくるわ」

「いや、おれが行くわ」

ベッドから立ち上がり、なすの入った袋を預かる。今日会えば何か分かるかもしれない。果穂はいま何を考え、どのような状態でいるのか？　知るのは恐ろしい気もするが、一人で想像をふくらませるよりよっぽどましだ。

「あれ、お兄ちゃんいらっしゃい。どうかした？」

家から出てきた果穂はいつも通りの、とてもうれしそうな笑顔でおれを迎える。昨日真夜中の山道を激走した痕跡などみじんもない。

「おっす。親からなす預かってきた。曲がりくねってるのもあるけどおいしいよって、伝言もいっしょに」

「わあ、ありがとう。時間があったら私の部屋に上がっていって、お茶いれるよ」

「そっか、じゃ、おじゃまします」

長年の付き合いでもう固まっている日常が、慣性の法則で続く。嫌がらせを受け続けるより、この当たり前の雰囲気を壊す方が、よっぽど勇気がいる。果穂の家の埃ひとつない、古いけど清潔な廊下、果穂が居間の電気をつける音、おれが靴を脱ぐまで微笑んで待ってて、脱いだのを確認してから居間に引っ込むその間合い。きっと果穂は、昨日の夜、正体がばれずに逃げおおせたと思っているのだろう。全速力で走っていた、一度も振り返らずに。

「私、最近料理教室で習った黒酢の酢豚を家で作ったんだけどね、肉が固すぎるってお父さんがほとんど残したの。ひどくない？」

「残すなんて、よっぽど固かったんじゃないか？」

「そうかも。でもおじいちゃんは、うまいうまいって食べてくれたよ」

「果穂のじいちゃんは、果穂に甘いからなぁ」

何気ない会話をずっと続けていたい。未来のことも、現状も無視して、二人で育んできた絆をこれからも大切にしてゆきたい。おれにとって果穂はかけがえのない女の子なんだから。果穂が隠し通したいことを、無理に聞き出したくない。

ふと窓辺を見ると、ミニチュアの家の中でペンギンが横たわっている。この前はちゃんと立っていたのに。自然に倒れたのか？　仰向けになって転がるペンギンは死を連想させた。

おれの視線を追って、果穂がひとりで笑った。

「昨日ね、変な夢を見たの。私はお兄ちゃんの家族の部屋にいるの。実家のご家族じゃなくて、お兄ちゃんが作った、新しい家族ね。東京のマンションの一室で、２ＤＫくらいの広さ。お兄ちゃんは奥さんと小さな子どもが二人いて、家族旅行の計画を立ててるの。私も行こうと誘ってくれて、子ども部屋で旅行の計画を話してるんだけど、私は自分の隠してる気持ちがつらくて、とても奥さんや子どもたちとは一緒の空間にいられなくて、部屋を飛び出すの」

「なんの話だよ、いきなり。あと、おれは結婚してないよ」

部屋が一段階うす暗くなった気がして、窓の外を見るが、天気はさっきと変わってない。気温も下がった気がして、冷えた指を固くにぎりしめる。

「夢だから。リビングでうずくまってたら、どうした？　ってお兄ちゃんが声をかけてきて、私、つらいって言った。でも泣きながらお兄ちゃんの顔と向き合ったとたん、お兄ちゃんが結婚してないって現実に気づいたの。夢のなかで夢と気づく瞬間ってたまにあるでしょ？

だから〝お兄ちゃんは結婚してない〟って言った。

そしたらお兄ちゃんは首をふって、

〝したんだ、つい最近。六月ごろに〟って。

私は動揺して、

〝どうして教えてくれなかったの、お兄ちゃんもお兄ちゃんの家族も私と何度も会ってたのに打ち明けてくれなかった〟

そしたらお兄ちゃんが言ったの。

〝大人のペンギンは飛べないんだよ〟って。

さびしそうな顔だった。そこで目が覚めた。終わり」

「……ペンギンは子どものころも飛べないよ」

いつも通りの何気ない口調で言葉を返して、正気を保つ。ばからしいけど、これがおれの精いっぱいだ。

「ほんとだね」

果穂がくすくすと笑う。

「そういえば、CMの話はどうなったの？」

「ああ、あれはうまく決まりそうだ。依頼を承諾して、スタッフがコンペに持ち込んで、ほかの候補者と争ったらしいんだけど、おれに決まりそうだって。やっぱり仕事とプライベートは分けて考えなくちゃなと思って、がんばってみることにした」

「どうしてそんなにでしゃばりになったの？　有名になれるとうれしい？」

鋭い言葉に硬直する。果穂は笑顔のままだ。

「どうして器を作る仕事以外にちゃらちゃらでしゃばって、目立とうと、有名になろうとばかりするの？　テレビの映りなんか気にして、女性ファンが増えたらキャーキャー言われたいんだ？　お兄ちゃんの一番大切な仕事は陶芸でしょ、なのに雑誌やCMに出たり、たびたび上京しては業界のパーティに行ったり、仕事関係の女の人と打合せしたり、ご飯食べたりにうつつを抜かしてるの？」

果穂は笑顔を崩さず、おれの方に身を近づけた。

「私はお兄ちゃんのこと、好きなの。お兄ちゃんのお仕事も。ずっと応援してきたし、これからももちろん応援するつもり。でも人気が出てきたからって、色気を出してほかの仕事ばかりするお兄ちゃんは、ちょっと嫌いだよ。そのうち小椚村を離れてまた上京したいと言い出したり、新しく近寄ってきた女に手を出すかもしれないから」

だからあんな嫌がらせの手紙を出したのかと、言いたいが怖くて言えない。しかも言う必要はない。果穂は自分が犯人だとばれてることを、すでに知っている。笑ったままだが、黒目は怒りと独占欲で、これ以上ないほどぎらぎら輝いていた。

「どこまでが仕事だって分けられないんだよ。果穂から見て不要なものも、おれの仕事に含まれてるんだ。それにおれの動機は、有名になりたいとか、モテたいとかではないんだ。もちろん人付き合いをしたり、いろんなことに挑戦してインスピレーションを得たりできるのはありがたい。でもそれ以上に使命感がある。いままで陶芸の仕事を通して経験させてもらった色々を、社会に還元したいんだよ。本当に良い器が、どんな家庭にも置いてある、そんな生活が実現できるように貢献したい」

「それなら小椚村で無料の陶芸教室を開いて、子どもに教えたら？　自分の得たものを、まだ得てない人に広める、それが還元だよ。もっと上に行きたい、地道な努力はやめにして、自分の地位をもっと上の華やかな場所に置きたいって気持ちが多く混ざってるのに、ごまかして社会のためとか言うのは、芸術を愚弄してるよ。私はお兄ちゃんの真のすばらしさ、作品の良さを知っているから、正しい道を見逃してほしくない。本当に感謝とか、いままでの仕事とか使命とかって、逃げる理由として一番かっこいいから、よく使われるよね」

「何から逃げる？」

「私とあなたの人生」

おれをあなたと呼ぶ果穂の顔が急に別の人間に見えて混乱する。

「うん……でもおれたち付き合ってないよね？」

果穂の瞳が暗くなり、数秒後また現実に帰ってくる。

「私はお兄ちゃんの怒りの処理の仕方が好き。瞳は荒《すさ》むけど、態度には出さないまま、ゆっくりとまた冷静さが戻ってくるの。優しいソフトなままでね。とても男らしいと思う」

果穂がゆっくりと顔を近づけてくる。

「お兄ちゃんはこの村で、ずうっと、永遠に、陶器を作り続けていればいいの。私とお兄ちゃんの、二人だけの世界で、十分幸せなんだよ」

「二人でここを出るってこともできるぞ。果穂も違う世界を見るいい機会になるかもしれない。都会はおまえが思ってるほど、悪いところじゃない」

果穂の目がつり上がり、殺気がこもる。

「他の場所なんてどうでもいいの。お兄ちゃんと私は、この小椚村で幸せになるんだから。三年前、お兄ちゃんがひさしぶりに帰省して死ぬほどうれしかったのに、当時の恋人だった女を連れてきたって知ったときの、私の気持ち分かる？　本当につらかった、でもいつか絶対に戻ってきてくれると信じてた。だって私ここでずっと、お兄ちゃんが戻ってくるの待ってたんだもん。ずっとずっとずっとずっとずっとずっと、何があっても、ずっと」

果穂は膝だちになり、おれに近づいてきて手を伸ばし、思わず後ずさったおれの膝小僧をつかまえて、おれの足を抱き抱えた。ＧＰＳが埋め込んであるのではと疑った膝の骨あたりに果穂の胸が押しつけられる。柔らかいのに、暖かみがなく、死の冷たさが全身に広がる。

「神妙な顔して自慢はやめろよ、カス。おっぱい押し当てられて憂い顔してる男なんていねーんだよ、モヤシ。いいじゃねえか、相思相愛だよおまえと果穂。これでうまくまとまったな。愛されてるなあ、おまえ、このー。だっておまえ果穂にけっこう惹かれてただろ？　そんで果穂はおまえのことが大好きで、ずっとずっと待ってた、離れて行く不安から犯罪まがいのことしでかすくらい、思いつめてた。さらにここへ来て肉弾戦だ。あいつBカップくらいはあるだろ、ちょうどいいよな。だまってたらヤレる、というより、だまってたらヤラレるなんて、男の夢じゃないか。ここはひとつ、おまえが果穂のデコでもこつんと叩いて許してやって、小榊村で二人で末長くいっしょに暮らせよ。おれもうれしいなぁ、長年の友達二人がくっつくなんて。おめでとうございます、結婚式では二次会の余興を、責任を持って引き受けます」

「おまえなら付き合うか？」

「嫌に決まってるだろ、ストーカー騒ぎに便乗して、脅迫文送ってきたり窓に投石してくる女なんて。いくら幼なじみでも嫌だね、そんな嫉妬で頭のネジがぶっ飛んでる女。大好きだ、なんて言ってても、結局は自分のことしか考えてないしさ。でもまあ、これはおれの場合だから、おまえとはちょっと違うだろ。おまえの方がきっと度量がでかいから、果穂の乱心なんか、子猫がじゃれてるくらいに受けとめられる」

「あのさ、おれとりあえずもう死にたいんだけど」

果穂の家から逃げてきて、すうすけの家に着くころには、もうおれは座れず、ただ力なくすうすけの部屋の床に横たわった。体力も精神力も限界に来てたけど、果穂と幸せになるためにと頑張ってきた気持ちが、支えがなくなってぷつんと切れた。守りたいものなどもう何もない、ていうかおれをだれか守ってほしい。

「実は果穂が犯人だって分かる前から、ちょっと違和感は感じてた。じっさいの砂原と、手紙に書いてある内容がずれてるなって。

あとストーカーの心理について調べてたとき、ストーカーもタイプ別に分かれてるという記事を読んで、不思議に思ったんだ。砂原は有名人を自分の運命の人と思い込む典型的なタイプで、初めから名乗ってたし、手紙も手渡しで、工房までやって来たときも、自分を隠すどころかろくろを回してた。

でもその後の嫌がらせは、すべておれのいない間になされた。手紙も差し出し人名はなく、悪質だった。そういうことをやるのは、元交際相手などが変貌したタイプのストーカーだと書いてあった。でも、こんなことを考えても、もう後の祭りだ」

「じゃあ、果穂なんててきとうにヤリ捨てちゃえよ。性格アレでも、顔はまあまあ可愛いんだから、てきとうに遊んでから、ぽいっと」

「無理。殺される」

「あり得るな」

沈黙が続く部屋で、のんきな扇風機の音だけが聞こえる。

「おれ、とりあえず東京に行くわ。休養しながら、あっちでたまってる用事を片付けてくる」

「それがいいな。しばらく工房のことは忘れろよ。時間がたてば、いい方法が思い浮かんだり、事態が良くなってるかもしれない」

「ああ、そうするよ。とにかく疲れた、考えるのをやめにしたい。……あ、だめだ。忘れてた、作品を窯に入れたままだ。これから火入れしないといけない。ちくしょう」

やっぱりまだ逃げられないんだ。おれは囚われたままだ。頭を抱えて毛をむしった。

「今じゃなきゃ、だめなのか?」

「無理だ、時間を置きすぎると質が下がる。それに、これから新しいのを作り直すと納期に間に合わない。絶対に最低二週間は、工房を離れられない」

「気の毒な奴。じゃあまあ、のんびり過ごせよ。おれの家に遊びに来てもいいからさ」

「ていうか、窯に薪をくべるのを手伝ってくれないか? 五日間、窯に薪をくべて、火を絶やさないようにしなければいけないんだ。夜とか、寝ずの番で交替してやらなきゃいけないんだ。初めてのときは一人でがんばってみたけど、もう無理だ、誰かの力を借りないとやれそうにない」

「もちろん手伝うさ。賃金が発生するなら」

「発生するよ、もちろん」

「りょうかい。まいど。あとさ、もう少し果穂のこと考えてやったらどうだ？　あいつは何も、おまえを牢獄に閉じ込めたいと思ってるわけじゃないだろ？　あいつが嫌がることはせずに、そばにいてやったら、お互い幸せになれるんじゃないか？」

「そうかもしれない。いままで助けてもらったんだから、おれも果穂の願いを聞いたらいいのかもしれない。考えなきゃいけないけど、いまはさっきの果穂の豹変した表情ばかりが頭に浮かんできて、ただひたすら怖いんだ。とりあえず……ゆっくり……」

しゃべっている途中で気絶するように眠りに落ちた。

翌朝、海で一度おぼれて土左衛門になりかけ、なんとか息を吹き返したもののひどく衰弱している状況に比例するくらいの疲れが残っていたが、窯焚きに必要な薪割りを終えるために工房へ帰った。

午前中降り続けた雨が上がり、業者からトラックで送られてきた玉切りの薪を、斧で二の腕くらいの長さと太さに割ってゆく。裏山に入れば木はいくらでも手に入るが、さすがに原木は切れない。テレビのインタビューでは、かっこつけて木も自分で調達している風に言ってしまったが、手間がかかりすぎるし、そもそもここはおれの山ではない。

雨の湿気でまだ屋外は蒸し暑く、二十本割り終わってから腰を伸ばし、首に巻いたタオルで額の汗を拭いた。薪置き場にはおれのとは違う、雨に濡れた小さな足跡があり、作品置き場まで続いている。

「そこ、隠れてるの分かってるから。出てきたら」

巨大な壺と壺の作品の間でしゃがんでいた砂原が、立ち上がって膝を気持ち良さそうに伸ばした。スカートについた土を手ではたいて落としている。薪を割る前から、壺と壺の間に挟まっている砂原の黒い頭が上から見えていた。

「すごい雨でしたね。警報が出たかもしれません」

無視して薪を束ねる。もう返事する気力も、注意する理性も残っていなかった。考えてみたら、いままで果穂がやってたと知らなかった行状を全部砂原のやったことと決めつけていたが、じっさいは砂原は嫌がらせはせずにおれの工房にやって来ているだけだった。まあ、やめろと言ってるのにやめないから、迷惑には変わりないのだが、ひどい悪意は感じない。

陽が差し風が吹くと、残暑が雨に洗い流されたように、つかの間に清澄な涼しさが辺りを包んだ。

「雨がざざ降りの中、畦道を歩いてたら、黒い蛾が傘の中に入ってきたんです。あわてて傘を振ったら、出ていったのです。でもせっかく雨やどりに来たんだから、入れてあげたら良かったな」

子どもの日記みたいな呟きに少し胸が痛む。砂原にも、当たり前だけど幼いころがあった。子どものころは、親や他の人たちから愛されていたのだろうか。彼女の笑顔に、癒やされた人もいたのだろう。

果穂の二面性に対しての驚きは日が経つにつれ薄れ、この前の寒気がする会話を思い出しては、勝手なことばっかり言いやがってと怒りがわく。そしてもうかかわらないようにしようと思うたび、長年見てきた果穂の笑顔の断片が次々とばらばら浮かぶ。

できたばかりの工房にすうすけと彼女を呼んで、二人に陶芸を体験してもらったときは本当に楽しかった。まだ小椚村に引っ越して間もなくのころだ。小さなマグカップを楽しそうに作り上げた果穂は、ずっとこの姿勢でものを作っていたらさぞかし肩が凝るでしょと、手を洗ってくると肩と首をマッサージしてくれた。器用な手つきと的確なツボ押しでずいぶん気持ち良かった。うまいな、看護師になったら、とおれが言うと、なんで看護師なの、マッサージ師でしょ、と笑って言った。

携帯には果穂からの着信が何度か入り、出られないでいると、メールで〝ごめんなさい。会いたい〟とだけ送られてきて、決意が固まる。うん、おれも会いたい。きみとの関係をもう一度やり直したい。一度のショックで切ってしまうには、おれたちには思い出が多すぎるし、縁が深すぎる。

家の近くで待ち合わせした果穂は、少しやせて覇気がなかった。それでもおれを見つけるとちらりと見せる弱々しい笑顔に胸が痛んだ。見たことのない、水色のシャツワンピースを着て、左手にやわらかそうな麦わら帽子を持っている。

「ちょっと歩かない？　今日は爽やかな秋晴れだから」

この前言い争った現場である彼女の部屋でまた話すのは気まずいと思ってたから、おれにとってもちょうどよくて、賛成した。畦道を歩き、とくに行き先も決めず山のふもとの、木がたくさん生い茂る、日陰の多い涼しい道を歩く。果穂は言葉少なで、おれのする他愛もない質問に控えめに答えた。並んで歩くと、彼女がやつれたのがはっきり分かり、一回り小さくなった存在感に、また胸が痛む。同時に自分が彼女にここまで影響力を持っていたことにいまさら気づき、面映《おもは》ゆさも感じる。

なんとなく好意は感じていたが、果穂本来の性格だと思っていたあの明るい笑顔も、無邪気に甘えかかる仕草も、本当におれが好きな故だったんだと思うと、こんな状況にもかかわらず、ちょっと感動してしまう。すべてを見せてしまったいまの果穂は、おれに好かれようと無理にがんばっていない分、自然体で、ようやく本当の彼女自身に触れられた気がした。

おれの話に微笑みながらうなずき、自信なげにうつむいたあと、彼女の表情が曇ったから目線を追ったら、道ばたに虫の死骸が、自分より小さな虫たちにたかられていた。こんな地域なら虫の死骸なんてしょっちゅうなのに、果穂は悲しげな表情をする。繊細な子なんだ。おれには虫の死骸を送りつけたくせに。ふと違和感がよぎったが、正体を摑めないまま通りすぎていった。この前テレビで見た、くだらない笑い話に話題を転じると、果穂は死骸から目を離して、いつも通りの楽しそうな笑顔で笑った。良かった、ほっとする。いつも前を通るとき、ここだけ温度が二度ほど低い気がするなと感じる、白い小さな鳥居の前を過ぎると、

「よく歩いたね。ちょっと疲れてきた」

と果穂が言った。

「じゃあ、神社で休憩していくか」

「この神社は階段を上がるのが大変よね」

「でも上がりきったら、見晴しの良いところにベンチがあるぞ」

「あそこはいいよね。よし分かった、がんばってみる」

二人で白い鳥居をくぐり、山の急な斜面の階段を登りきり、少し不気味な社を通り過ぎて、ベンチまでまたちょっと階段を登った。

ベンチコーナーに着くと、小椚村の全体と、村を囲む山々がすべて見渡せた。太陽はまだ沈んでいなくて、どの地域に日が差してどこが雲で遮られているのか、この高さからだとはっきり分かる。小椚村の中央部にいる人たちの頭上の空は、いま曇りで、西側に住んでる人たちの空は晴れだ。

紅葉を控えている山々は、思慮深そうな深みのある緑に覆われている。知的だがはにかみ屋の父親みたいな風情で、穏やかに黙りながら小椚村を見守っている。思いきり息を吸い、吐いた。

「気持ちいいなあ。この眺めも大好きだ。この村に、この山に、どれだけ愛着を持ってたか、出てってから初めて分かった」

「愛着っていうか、この地を利用したくて戻ってきただけでしょ？」

返ってきた言葉が信じられなくて、思わず隣の果穂を見たら、彼女も景色を見つめながら、気持ち良さそうに目を細めていた。こめかみは汗ばみ、ぬれた毛が張りついて、子どもみたいだ。

「利用っていうか、恋しくなったってのもあるよ」

単に言葉を果穂が間違って使っただけかと思い直し、のんびりした声で答えたが、不穏さに胸の拍動が乱れる。

「利用よ。沢の土や、水が、陶芸に適するから戻ってきたんだよね？　あとは、やっぱり故郷の素材を、空気を作品に盛り込みたいから、それがおれの原点だからって、かっこつけたいだけ。自分の夢と重ならなくなったら、また捨てるんでしょ？　この土地も、私も」

突然チャンネルの変わった果穂の人格を前に、冷たい汗が背中に浮かぶ。横にいるのはだれだ。さっきまでのよく知ってる幼なじみの果穂と、入れ替わったのか。横目で窺うと、彼女は影の差した暗い表情でうつむき、口だけ動かしていた。

「仕事が大事なんだね。お兄ちゃんの芯って、お仕事だけみたい。仕事で輝いてる人はいつまで輝くのって、私、母に聞いたの。いつか輝きを失い、社会から人から必要とされなくなったとき、その人はなんのために生きるの？　って。〝死ぬまでだよ。そういう人は使いきりなの、誰より頑張って輝き抜いて、寿命を縮めて最後まで社会に必要とされて、使いきられるんだよ。歯みがき粉のチューブが平坦になるみたいにね〞って、お母さんは言った。そうか、と納得しながらも胸が苦しくなったな。そんな生き方の人は私と根本から違う気がして。さびしいの、泳ぎ続けないと死ぬ魚に、一生懸命、立ち止まって話を聞いて、と呼びかけ続けるのが」

暗い考え方をする親子だなぁと思ったけれど、黙っていた。

「ねえ、お兄ちゃん、どう思う？」

「平べったくなるまで使いきってもらえるなんて、幸せな歯みがき粉じゃないか」

果穂にも自分にも言い聞かせるように、しっかりと答えたが、心は揺れている。いったい、幸せな歯みがき粉なんて存在するのだろうか？

「冷たいね。分かってるくせに、それもひとつの生き方だけど、虚しさが残るって。私や、この村の人と自分は違うって思い込みたいからこそ、自分に言い聞かせてるんだよね。だいたいお兄ちゃんは野心が強すぎる。人も環境も、自分に都合が良い、利用できると思ったらとても優しくするけど、ひとたび合わなくなると、ポイでしょ。

現にこの村の平凡さと刺激のなさに飽きたら、すぐ出ていった。作品に集中したら周りが見えなくなる、なんて言えば天才肌っぽくてかっこ良いけど、じっさいは飽きっぽくて薄情なだけだよね。

東京で今度どんな有名人と仕事でいっしょになるとか、町長に賞をもらったとか、お兄ちゃんのそんな話はだれも聞きたくないよ。嫉妬だとか思ってるでしょ？　違うよ、へーすごいって言うのはヤなの。べつに言わせてないって思ってるでしょ、でも言わせてるの。自慢じゃないって分かってるよ。でもそういう感嘆の相槌を打つたびに、なにか大切なものが私のなかで変質してしまうの。石を池に放りこんだみたいに波紋が広がって、お兄ちゃんが思ってる以上に周りに影響を与えるんだよ」

諦めが襲ってくる。そう、果穂の本性はこれなんだ。隠しきれない事実だ。おれを愛しながら憎んでる。彼女は内面で、おれへの愛といっしょに、牙を持つどう猛な化け物も育ててしまった。無神経なおれが、彼女のコンプレックスを刺激してしまったせいだ。

「じゃあもう二度と言わねえよ」

「それは、隠されてるみたいで悲しい。ねえ、何が起こったか全部話して。お兄ちゃんの考えも行動も全部知りたいの。私のことどう思ってるかも。こんなこと言って嫌いになったでしょ？」

果穂の身体から不安が津波のごとくあふれてきて、おれの足も掬う。とっさに腕にしがみつかれて、皮膚に果穂の爪が食い込み、ぎくっとなる。こいつ、子どものころ、おれになつきながらも約束をやぶったり時間に遅れたりするとすごく厳しくて、子どもながらに鬼の形相で、おれに何をやってたのか、どうして来られなかったのかとか問いつめてたな。あのときから変わっていない。おれが付き合ってた彼女を東京から連れて来たときも、笑顔を見せながら陰で泣いていただろうな。それでおれの携帯から番号を盗んで彼女に嫌がらせの電話をかけたんだろう。果穂の心の闇が、いつか果穂自身を完璧に蝕んで、おれの好きなあの笑顔も、飲み込む日が来るんじゃないだろうか。

「嫌わないで、分かって。これが素の私ってわけじゃないの。いつもこんなに悲観的で、お兄ちゃんを心のなかで批判ばかりしてるわけじゃないの。ただ許してほしくて。甘えたくて。嫌なことばかり言ってしまったけど、私が好きなお兄ちゃんの長所は、やさしくて温かいところなの。お兄ちゃんのやさしさとおおらかさに、いままでずっと助けられてきた。感謝してる」

なんてめまぐるしい。さっきまであれだけ非難しておきながら。口を挟む勇気はないが、正直ついていけない。

果穂が左腕に渾身の力でしがみついてきた。息の速くなってる彼女の身体から、鼓動と途方もないエネルギーが伝わってくる。この前と同じく、また彼女と触れ合っている部分から順に身体が冷えてゆく。救いたいという気持ちと、好きと言えば嘘になるという気持ちがせめぎ合い、果穂が本当に望んでいる言葉をどうしても言えない。どうすればいい？　眉をひそめているだけでは問題は解決しないと分かってるのに。

燃え盛る窯に薪をくべる。夜の小川が流れる音、薪が燃えて、はぜる音、鈴虫の涼しげで寂しく澄みわたる鳴き声。これだけそろえば『スタンド・バイ・ミー』の大人版のような懐かしくもワイルドな雰囲気が出てもいいはずだが、おれとすうすけだとどうしても間の抜けた気配しかしない。

窯に火を入れてしばらくすると煙突から煙が出て、夜空へ上ってゆく。おれの一番好きな光景だ。生まれた器が焼かれて、生臭さや現世の欲が昇天して、新しい、この世のものだけど、この世のものじゃない神器に生まれ変わる工程。

ひさしぶりに窯の前でおにぎりを食べる。うまい、作ってきて良かった。昼飯に出た焼きたらこを具に、二つも作った。のりとかも、いろんな工程を経て作られてるんだろうな、ぱりぱりして磯の香りがする。ひとつのものが世に出るのは、いろんな手によっていくつもの慎重な工程を経てからなんだ。その時間の厚みの凝縮が詰まっている小さきものに、人は目を留めるのだろう。

「で、どうだったんだ。果穂は」

口のまわりについた米つぶをつまみ取りながら、すうすけが聞いてくる。

「特に何も変わらない」

ワイルドさが出ないのは、おれが女で困ってる話ばかりして、しおれているせいだ。でもしょうがない。一度またふくらみかけた果穂への恋心は、彼女の手によって丁寧に空気を抜かれた。紙ふうせんをぺしゃんこにして半分に畳むがごとくに。

「そうか。二人とも無言で気まずい感じ？」

「いや、あっちからは名言いっぱい飛び出してるぞ」

「ほう」

「〝人をガムみたいにくちゃくちゃ噛んで捨てるのはやめて！　どうせなら飴みたいになめ尽くせばいいのに！〟って帰り際に捨て台詞を言われた。直前まで果穂は涙を流しながら笑顔で手を振ってたんだけど」

「情緒不安定だな。なんか聞いてるだけで、うんざりするわ。で、おまえはそういう訳の分からん話を辛抱強く聞いてるのか？」

「しょうがない。だってすごい勢いで、泣いたり怒ったりを繰り返して。おれもどんどん無気力になるんだ。自分の感情が吸収されていく」

救ってほしがっている相手を前にして、提案より先に己の無力さに圧倒されて、前へ進めない。果穂の言う通り、おれは人や環境を利用して生きてきただけの、薄情者なのかもしれない。

「もうあいつは、そっとしとけよ。顔にハンカチかぶせて、自分からも周りからも見えないようにするんだ。そしたら薄暗い中で、あいつも落ち着いて、ぐうすか眠り始めるかもしれない。砂かけの方はどうなってるんだ」

「あいかわらず。最近はでかい壺の後ろに隠れて、おれが薪を割るところを見てた」

「お人よしだな、おまえも。怒鳴って追い返せばいいのに。おれなら正当防衛で殺すけど。自宅近くに潜んでた奴に襲われたから反撃しているうちに殺してしまいました、ってなったら、罪に問われなくね？」

すうすけの浮かべたうすら平べったい笑顔に、底の浅い分、透き通った残忍性が見えて、一瞬ぞっとした。昔からこいつは、ちょっと残念で、人間をなんの罪悪感もなくからかうところがある。小学生のころもクラスの大人しい子たちをよく泣かせて、親と一緒に学校に呼び出され、先生に叱られていた。成長するにつれ、そんな部分は見えなくなったから忘れていたが、いまの笑顔で思い出した。

「人って何年経っても変わらないもんだな」

「なんだよ、いきなり」

「今日の果穂、あいつが子どものころ、おれに怒ってたときとそっくりの顔つきをしてたんだ。おまえはいま、女子の机にどじょう入れようって言ったときと同じ顔してた。いや、あんときより黒いな。成長してるってことか」

「そう、成長してるぞ。昔はじっさいにどじょう入れただろ。でもいまは実行には移さねえ。偉いなぁ、おれは」

「偉いのか、それ」

「にしても、あっちぃな、この場所。火って燃え盛ってると離れててもこんなに熱いんだな」

すうすけが扇風機を強にして思い切り浴びて、地面に散ってた灰が辺りに舞う。

「おい、窯には向けないようにしてくれよ」

「これぐらいの風量がこれほどの火力に影響与えるわけないだろ」

「でも気になるんだ。そんなに熱いなら小川に足でも浸せばいい」

「分かったよ。水浴びしてくる。わーい」

一目散に窯の番から離れたすうすけが、暗闇でばしゃばしゃ遊ぶ音と、ひゅうーと口笛を吹く音が聞こえた。くっそ、気持ち良さそうだなあ。いや、おれがここを離れてどうする。そうだ、そろそろ薪をくべなくては。

火入れの時、あの女たちがいつの間にか横に座っていたらどうしようと怯える気持ちもあったが、時は拍子抜けするほど平和に過ぎた。火が守ってくれたのか、あるいはあの二人は火が怖いのか、おれが窯のそばを離れられないと分かっているはずなのに、突撃してくる気配はない。

おかげでというのも変だが、作品は満足のいく焼きに仕上がりそうだ。すうすけは後半、交替で務める寝ずの番に疲れてきて、陶芸って体力勝負だったんだな、知らなかったよと愚痴をこぼしながら、それでもどこかしらおもしろさを摑んだのか、いつになく真剣に火に取り組んでくれた。

五日後ようやく焼き終わり、すぐにでも出来上がりを見たいが、窯はまだまだ熱く、陶器も不安定だから触らずに鍵をかけた窯の中に、そのまま寝かせておく。おれもすうすけも窯焚きの終了記念に飲みまくったあと、これまでの睡眠不足を取り戻すように、ぐっすり眠り込んだ。

三日後、完全に冷めた陶器を窯から出すため、すうすけの車に乗り込み、実家から仕事場へ向かった。

「あ、砂かけばあさん、また立ってるね。おつとめご苦労さまです！　って声かけたくなるほど皆勤賞」

車で近づいた工房の前に立つ人影をすうすけがいち早く認識し、おれは深いため息をついた。

「しつこすぎだろ。おれ、どうしたらいいか本当にもう分からない」

「果穂はともかく、あのおばさんはもうやっつけてやった方がいいな。ほら、行ってこい」

「憂うつだな……。すうすけも来てよ」

「冗談はやめてくださいよ、おれはここで見守ってます。あ、待て、だれかやって来たぞ」

工房に向かってぐんぐん歩いてくる人影。

「果穂だ」

すうすけときれいに声がそろった。

「だめだ、このままじゃ鉢合わせる。行ってくる」

ドアを開けようとするおれの手を、すうすけが止める。

「待て。これはお前が行かなくてもうまくいくかもしれん」

「は？」

「『エイリアンvs.プレデター』みたいに、二人を対決させよう。見ものだぞ、恐ろしい闘いだ、流血どころでは済まないかもしれない」

「ぜったいだめだ、行ってくる」

「いいから、ちょっとだけ待てって。やばそうになったら通報しよう、おまえとは無関係な形で、うまく警察ざたにできるかもしれないじゃないか。大丈夫だって、二人とも簡単に死ぬようなタマじゃないって。あ、お互いが相手に気づいたぞ！」

果穂が砂原の元へ駆けていき、すごい形相で砂原に何か怒鳴っている。車の窓が開いてないし、距離も離れているからまったく聞こえない。砂原は怯えていたが、逃げ出しもせずじっと果穂を見つめている。果穂が腕を振りかざし出ていけというジェスチャーをしながら、砂原にさらに詰め寄る。

「窓開けよう。会話聞きたい」

すうすけがボタンを押して窓が開いてゆくさなかに、急に果穂が周りを見回して、おれは思わず頭を引っ込めて座席の下の方へ隠れた。すうすけもボタンから手を離す。

「見つかったか？」

同じ姿勢のまま固まっているすうすけに聞くと、首を振った。

「いや、大丈夫だ。こっちの方までは見なかった」

「二人、どうなった？」

「おまえの工房の中に入ってった」

「えっ」

「果穂が鍵開けて、中に入ってった」

「あいつ、鍵まで勝手に作ってたのか。ぜんぜん気づかなかった」

上体を起こすと確かに二人の姿はない。

「何やってるんだ、あいつら、おれの工房で……」

「だから血で血を洗う闘いだよ。頭部かじったり、思いきし引っ掻いたり、口から出した緑色の酸で相手溶かしたり、時空を超えた武器で相手を十六分割にしたり。戦いに勝って工房から出てきた方と、おまえ結婚しろ」

「なんでそうなるんだよ、止めなきゃ。流血なんて見たくない」

助手席から降りようとしたおれをすうすけが腕を伸ばして必死で止める。

「あと五分、あと五分だけ待ってから行こう。いま行ってもふたりとも興奮して、おまえの言葉なんてろくに聞かないし、下手したら巻き添えくらうぞ。カレーはよく煮込むほどおいしい。鍋の蓋はぎりぎりまで閉めとけ。あと少しだけ、ステイだ」

「じゃあ五分待ったらおまえもいっしょに来てくれるか」

「しょうがねえなぁ。ま、いいか、見たいし」

一言もしゃべらずに時が過ぎ去るのを待つ。炎天下おれの工房はいつも通りの外見で建ちながら、内部でどれほど辛いカレーを作っているのか。時間がスローモーションで過ぎてゆく。つい最近まで、砂原と鉢合わせたら命が危ないと果穂を心配していたくせに、おそろしいほどたくましい正体を知ったからって、助けもせず物陰で見てるなんて、おれもたいがい無責任だ。でも、すうすけじゃないが、果してどちらが勝つのかに、変に興味がわいてくる。できるなら、二人とも流血ざたまでいかない口ゲンカで、お互い消耗して、おれを追いかける元気が減ってくれればいいな。こういう卑怯なおれの考え方が、こんな事態を招いてしまったんだろう。ああ、早く時間、過ぎてくれ。工房で何が行われているか分からない焦燥感と、あくまでのどかな山々と田園の風景が不釣り合いすぎる。

「五分たった。行くぞ」

ドアの前で耳をすますと、ひどい口論が聞こえてくるどころか、なんの物音もしない。もしかして相討ちになって両方とも息絶えたか？

おそるおそるドアを開けると、ソファに並んで腰かけていた二人がおれたちを見上げた。

「お兄ちゃん、遅かったね。待ってたよ」

まるで何事もなかったかのように声をかける果穂、すうすけのことは見ようともしない。

「おじゃましてます。今度はろくろに、触れてもいません」

砂原が、叫ぶように言う。

「おばさん、いい加減ここ来るのやめな」

「おひさしぶりです、石居さんのお友だち」

「はあ？　何言ってんのか分からねえ。頭はどうかしていても、自分が迷惑をかけてることくらいは、理解できてるだろ」

さすがに果穂には遠慮があるのか、砂原一人に的を絞って、すうすけが凄む。

「待って、砂原さんを責めないで。私はよく分かるよ。言ってることも、この人の気持ちも。お兄ちゃんはごまかしながらきた部分が多すぎるんだよ。調子の良いことばっかり言って、言いにくいことは嘘でごまかして、私たちと本気で向き合おうとしない。優柔不断な優しさは、私が好きなお兄ちゃんの部分でもあるんだけどね」

「石居さんの嘘は彼が疲れているときに限られています。あと大事な人間関係の存続を彼が望むとき。私はとくに問題とは考えていません」

「うんうん、私は分かるよ。砂原さん、お兄ちゃんを理解しようとよくがんばりましたね」

果穂と砂原は決闘するどころか結託していた。倍になった不条理が狭い部屋で反響し、耳をふさぎたくなる不吉な音でこだまする。

「向き合うってどういうことだ？　二人と話して、自分の考えを言うってことか？」

「どうして私たちに聞くの？　私たち、こんなに真剣にお兄ちゃんのこと愛してて、二人とも自分で覚悟を決めてこの工房まで来てるのに、どうしてお兄ちゃんは自分が次に何すればいいかまで私たちに聞くの？」

「分かった。自分の意志で二人に言うよ。二人が工房に来るのは迷惑だ。帰ってください。おれは二人の気持ちには応えられない。ごめんなさい」

果穂も砂原も無反応。顔立ちは違うのにそっくりの無表情でおれを見上げている。

決死の覚悟で放った告白が沼に沈み込んでゆく。

「私たちはそんな言葉を聞きたいわけじゃないんだよ、お兄ちゃん。まじりけのない、本当の気持ちを聞きたいの」

「悪いけど、本心だよ」

「違う。お兄ちゃんは自分の気持ちに気づいてない。ちゃんと気づいて言ってくれるまで、私たちはここを動かないから」

「やめだやめだ、ばからしい」

すうすけが呆れた声を出す。

「透は本心言ってんのに、受け止められないのはそっちだろ。こんな奴らと真面目に話すのはムダだ。こいつらはおまえの本当の気持ちを聞きたいんじゃなくて、自分の言ってほしいことをおまえに言ってほしいだけなんだよ。小椚村で自分と二人きりの世界で作品だけ作り続けてほしいとか、運命の人であるあなたのためにいままで作品を作ってきました、気づいてくれてありがとうと言ってほしいとか、自分の要求をおまえが叶えてくれるまで、ごねてるだけのやくざ集団だ」

すうすけをガン無視する二人に、彼がずかずかと近づいた。

「はい、聞いてないふりしてもおまえらのやってることは犯罪ですよ～。住居不法侵入ですよ～、出ていかないなら無理やり出ていかせるまでですよ～」

すうすけが砂原の腕をつかむと、興奮しきった砂原は鳥みたいな鋭い叫び声を上げた。

「おまえは人をだます、二枚舌の悪魔だ！」

ポケットからナイフを取り出すとすうすけの手を突いた。

「いっ」

手を押さえたすうすけが飛び退く。

「正当防衛だからね！　男に暴力振るわれそうになって怖かったのよ！」

果穂が叫び、砂原はぶるぶる震える手で持った、血のついたナイフの切っ先をこっちに向けたままでいる。おれとすうすけは転がるように部屋から出た。

「いって！　クソ痛え！　あいつほんとに刺しやがった、クソ女が！」

車に戻ったすうすけの手の甲から、血がしたたり落ち、すうすけは運転席に座ったまま、力任せに足で車のドアの内側を蹴った。流れ続ける血に青ざめながらもティッシュを渡すと、すうすけは乱暴にもぎとり、傷口を押さえた。

「大丈夫か」

口がからからに渇いて、かすれ声しか出ない。

「大丈夫だよ、押さえてりゃ止まるくらいの傷だ。深いけどな。でも、ああ、ちくしょう、なんでなんも関係ないおれが刺されなきゃいけないんだよ。どいつもこいつも、愛してるだの答えがほしいだの、帰ってほしいだの、向き合ってほしいだの、くさった愛情で頭がわいてる。誰も好きにならずにときどき風俗行くだけのおれのほうが、よっぽどまともだ。おまえがぼやぼやしてるせいだ」

本当にそうだ。すうすけの言葉に自責の念がつのる。

「セロリみたいにひょろっとして、自分のことしか考えてねぇから、こんなことになるんだよ。自分は何も悪くないって、いつまでも被害者意識でいる場合じゃないだろ。自分のせいじゃなくても、なんか起こったら、がむしゃらでもいいから動けよ。こうなったらもう、善悪の問題じゃないんだよ。自分のケツは自分で拭け」

「ほんとにごめん。いますぐ通報するから」

震える指で110番を押し、ワンコールのあとつながったブツという音が聞こえた。

「待て！」

すうすけの声にあわてて電話を切る。

「どうしたんだよ？」

「警察はまずい。逮捕なんかされたら、果穂はこの村にはもう住めなくなる」

気まずい沈黙に包まれる。どんな小さな噂でもかけめぐるこの集落で、逮捕なんかされたら、たしかにみんな果穂を見る目が変わり、かかわらなくなるだろう。

「じゃあ救急車呼ぶか」

「大丈夫だ、血はもう止まった」

すうすけは流れた血をハンドタオルで拭いた。アディダスのロゴが真っ赤に染まっていって、頭がぐらぐらする。

「ほんと……ごめん……おれが頼りないから」

「いや、そんなことねえよ。さっきは痛かったから怒りに任せて言っちゃったけど、おまえもよくやってるよ」

沈黙が降りて二人とも工房を見るが、果穂と砂原が工房から出てくる気配はまったくない。おれが仕事のために建てた工房に、聖地に、我が物顔で居座り続けている。

「おまえ、引っ越せよ。何もこんなことになってまで、小椚村にこだわる必要ないじゃないか。住所を二人に知られないように東京に引っ越して、また一からやり直せよ」

「許せねぇ」

「ん？」

込み上げてくる怒りにぎちぎちと歯を嚙む。

「ふざけるな、あいつら。人の生活を奪って、人の身体を傷つけて、それで開き直ってるなんて許せねえ。警察に頼れないなら、おれが成敗してやる」

すうすけが手を叩いて喜んだ。

「いいぞ！　それを待ってたんだ。おまえも怒りがたまってるだろ、ぶつけてやれ！めったためたにしてやれ」

「故郷を、工房を、奪われてたまるか！」

車を飛び出し工房まで駆け、ドアを力任せに開けた。

「てめえら出ていけって言ってんだろ！　言うこと聞かないと二人とも殺して山に埋めるぞ、おら、出てけよ！」

土足のままごみ箱を蹴飛ばすと、すさまじい音が鳴り、ごみが飛び散った。

「私たちは冷静に話したいのに、お兄ちゃんは取り乱すんだね」

「おまえらと冷静に話すのはもうあきらめた、ほら、出てけよ！」

果穂の服を摑んで無理やり立たせると、果穂は抵抗するが、がんとして摑んだ襟首を離さない。隣ではナイフを固くにぎりしめた砂原が、呆然とおれたちを見ている。

「おれをなめるなよ。本当に殺すぞ」

本物の殺気をたぎらせて至近距離で果穂を睨み付けると、果穂は微笑んだ。

「殺してよ。お兄ちゃんに殺されたら、私うれしい。首を絞めて殺して。お兄ちゃんの顔を見ながら死にたいよ」

苦しげながらも果穂の微笑んだ顔が、子どものころの彼女の面影と重なる。果穂から手を放し、おれはすすり泣いた。果穂も泣いていた。何でこんなことになってしまったんだよ、果穂。おれもおまえのこと好きだったんだよ。遠出してどこかに遊びに行こうと話していたのも、本当につい最近の話じゃないか。おまえがただ待ってくれさえすれば、おれはおまえを迎えに行ったのに。

「私は真実を知りたいだけです。ありのままを教えてください」

おれに詰め寄る砂原はあいかわらず違う世界を見ている目付きだったが、前ほど気持ち悪くなく、あわれに見えた。彼女たちがいままでと違って見える。いままで気づかなかったが、二人の方がおれよりもよほど憔悴していた。いや、気づかないふりをしていただけかもしれない。自分が被害者だと、そうとだけ考えていれば、なんとか自我が保てたから。

涙を流したまま工房を出ると、窯から二つの器を取り出した。個展に出す予定だった皿と、CMで使うはずだったマグカップ。灰を払って取り出したら、二つの陶器は、本当にとても良く焼き上がっていた。涙がこぼれて、器を手に持ったまま、無言で泣いた。このようなものを作りたいと思って生きてきた陶芸人生だった。生活も心も不安定だったし、良いものができるはずはないと自信がなくなる中での創作だった。いま手の中にある、このささやかな二つの器に、これほど素朴で美しい神様が宿るとは思わなかった。焼き上がって初めて分かる、陶器の真価。専門家がどう評するかは分からないが、間違いなく自分の中ではこの二つがベストだ。苦しんだのが、良かったのかもしれない。皮肉だけれど。これを個展に出せば、おれの評価も上がり、収入も増えるだろう。

おれが優柔不断なせいで、異常な事態を招き、友だちに迷惑をかけている。一番大切なことをまだしてない、でも大切なことってなんだ？　出て行ってほしい、という一番の意志は伝えたのに。さっき二人が言ってたことを思い出す。向かい合う。そう、多分それだ。

工房に戻ると、二人のストーカーが不安そうにおれを見上げる。

おれは何もしていないのにターゲットにされた被害者じゃない。おれは、しすぎるほどしていて、そしてこれからもしていくつもりなのだ。そう、発信を。受け取る人がどうとるかまでは分からないものを、ずっと世間にばらまき続ける。仕事に対してやましい気持ちはなかった。金を稼ぐためではなく、芸術に近づくための努力として、崇高な行いとさえ考えていた。

でも独りで何もかも作り上げてきたわけじゃないんだ。周りの人たちから、応援してくれる人から、木から水から火から、数えきれないほどの栄養を吸い上げて、一つの作品が生まれる。不公平なことをしてきた。当然のように自分のものだと線引きしていたものが、おれに分け与えてきた人たちに、理解できないほどの苦しみを与えていたんだ。

窯を離れて、皿を砂原に、マグカップを果穂に渡した。二人とも子どもみたいにきょとんとした顔で、手の中にある器をいろんな角度から眺めた。

「それあげるよ。おれの作ったものを、ずっと好きでいてくれてありがとう。二人の願いを叶えてやることはできないけど、ここにいたいなら、好きなだけいればいい。もう、追い出さない」

二人がおれの顔を見上げる。急にしっかりと自分の真ん中に芯が通った。

「大丈夫、逃げないから。おれはいつでもここにいるから、来たくなったらいつでもおいで」

晩秋の季節の中で、十二ダースほどの陶器が仕上がった。陶器を詰めた段ボール箱を送るために郵便局に行くと、局員さんが何か話したそうにおれをじろじろ見た。送り伝票に住所を書く手を止める。

「どうかしましたか？」

「いや、噂に聞いたんだけど、石居くん大変だったらしいじゃない。商店街で住所を聞きまくってたあの女の人、工房まで押しかけてきて、籠城したんだって？　そんでもともと君に片想いしてた松本さんちのお嬢さんも乗り込んできて、みんなで殴る蹴るの大乱闘。最後はみんなきみの作った器の投げ合いになって、床は破片だらけ、きみの作品は一つもなくなっちゃったとか」

「そこまでじゃなかったですよ」

すうすけの奴、だいぶ尾ひれをつけてしゃべってるな。この前八百屋に行ったとき、奥さん方にひそひそされたのは、そのせいだったか。

すうすけには怪我の詫び代もふくめてだいぶお金を渡したが、パチンコで一週間で全部すってしまった。聞いたときは呆れたがいまでも悪友どうし、暇なときにはどちらからともなく会い、お互いの実家でぐだぐだしている。

「でもファンの人が押しかけて来たのは本当でしょ？」

「そうですね」

「きつく言って、なんとか追い返すことができた？」

「いや、いまでも時々来ますよ」

「そりゃ大変だね、しつこい女だねぇ。松本さんとこのお嬢さんは？」

「……もう来なくなりましたね」

果穂の家でおばちゃんから書置きを手渡された。

いい子のふりをしても、結局いい子じゃなかったから苦しかった。自業自得です。ごめんね。

帰るときにちらと見えた。縁側のある庭に、新聞紙の上に置かれたばらばらの陶器の破片。あのときおれがあげたマグカップだった。

縁を切るのはやめようよ。また笑顔が見たいよ。子どものころみたいに、仲直りしよう。こう伝えるのはおれを吹っ切ろうとしてる果穂を余計に苦しませるのだろうか。忘却が悲しくて、苦しみさえも名残惜しい。なぜ去ってから気づくんだろう、果穂を好きな気持ちは胸の中に確かにあった。自信につながらない小さなささやき声でも、不安なままでも、そのまま声に出して伝えれば、果穂はまた心からの笑顔を見せてくれたかもしれないのに。

「そうか。でもまだ一人いるんだから、どこかに引っ越した方がいいんじゃないかい？　石居さんは勤め人と違ってどこでも仕事できるんだし」

「どこでも仕事できるけど、ここでしたいんですよ」

伝票を書き終わると、局員さんは配達時間の午前中の欄を、ボールペンでぐるりと囲んだ。

「じゃあ、ずっとこっちにいるんだ」

「まあ、東京でも仕事があるから、行ったり来たりなんですけどね。今日も、これから新幹線で向かいます」

「ごくろうさま。大変だろうけど、がんばってな。またテレビとか出るときあったら教えてよ」

「ありがとうございます。でもテレビとか、多分もう出ないので」

「どうして？　この前見逃したから、楽しみにしてるんだけどな」

「本業じゃないことに熱心になるのはやめようと思って。はっきり言ってくれた人がいたんです。それで目が覚めました」

いかに自分が利己的に仕事をしていたかも、よく分かった夏だった。本当に大切な、自分だけができると心から思える仕事だけを選り分けていったら、残ったものはささやかで素朴な、昔からずっとやってきた作業だけだった。

今日は個展の初日だ。新幹線がものすごい速度で過去を振り落として走り、ただ座っているだけの自分も、次から次へと脱皮してゆくようだ。土地から土地へ、自分に与えられた役割をこなすために、毎秒生まれ変わりながら移動する。自分の意志だけで、人生は動かせると思ってた。でもいまは、未来ばかり見つめずに、自然な流れに乗りながら、いまできることをやっていきたい。

青山の小さなビルに入っているギャラリーは、小規模だが知る人ぞ知る人気の老舗で、若い陶芸家たちの憧れの場所だ。ここに展示を許されたときは、ひとつ夢をつかんだと誇らしかった。でもじっさいは自分でつかんだのではなく、めぐりめぐっておれのところに流れてきただけだ。

ほしくてつかんだのではなく、任されたから一生懸命する。どんな仕事でも、全部自分の力で手に入れて、自分一人で守っていかなければならない、と思い込まないようにしよう。大きなできごとから日常の些細なことまで、遠いものから近いものまで、数えきれないいろんな力が働いて、おれはここにいる。

窯を開けるまで出来栄えの予想がつかない、窯焚きから学んだ人生観が、おれに根づきつつある。火の神様の圧倒的な気まぐれ、やさしい奇跡。決して手綱を握れない芸術だからこそ、おもしろいし、一生を賭けてがんばれる。運命を受け入れろ。心から思い悩み、苦しみの底に沈んでいたとき、静かな声がそう囁きかけた。良くも悪くも、いままで歩んできた道が、いまのおれを作っている。苦しみはたくさんの喜びの代償だ。自分の運命から逃げ回り、いいとこどりをしようとするな。結局は根こそぎ投げ出せないし、何も見捨てられないから、ぜんぶ拾って歩いてゆくしかない。自分の道を、自分だけが切り拓いてゆける道を。

「開場のまえに、展示場を見られますか」

「そうですね、この前見せてもらいましたが、念のためもう一度」

まだだれもいない展示場は、器の展示位置も、照明の当たり方もどれも、少しのずれもなく、でもさりげなく展示されている。

「さすがギャラリー青さんですね。同じ器でも、展示のしかたでこんなに静謐な空間に変わるんですね」

「それは良かった。ついさっきのぎりぎりまで、置き場所の再調整をしてたんですよ。石居さんの器の良さを、最大限お客さんに分かってほしいですからね」

「納品が遅れてしまったのに、日程の延期まで了承してくださって、本当にいろいろとお世話になりました」

「いいんですよ。いまこうして個展がとても良い形で始まろうとしていること、それが重要です。石居さん、お疲れじゃないですか？　よかったら、控え室で少し休んでください。今日新幹線で来られたばかりだし」

「大丈夫です、オープニングセレモニーまでここにいますよ」

「石居さん」

呼ばれて振り向くと、まだ開場してないのに、白い衝立を無理やりどけて、見知らぬ若い男性がこちらへ走り寄ってきて、担当者の顔に緊張が走る。

「なんだ君は、まだ開いてないのに勝手に入ってきて」

「すみません、石居さんの声が聞こえてきたので、つい。ぼくは大学で陶芸の勉強をしているんですが、石居さんにどうしても渡したいものがあるんです、ちょっと待ってください、えっと」

学生は勝手にしゃがみこみ、リュックサックをまさぐり始めた。

「ちょっと君、やめなさい。もうすぐ個展が始まるんだぞ、こんな場所で散らかすな。石居さん、控え室に戻ってください、この人は私がなんとかします」

「まあまあ」

担当者をなだめながら待っていたら、若者は石で造ったよく分からない小さなオブジェをおれに渡した。枯れたサボテンみたいな、ぶつぶつと穴の空いた灰色の石像。

「これ、どう思われますか。虚無をテーマに作ってみたんですが」

正直感想は無い。以前なら気味悪さと関わりたくないのとで、ごまかし笑いで逃げていたかもしれないが、今日は彼の作品を手に取り、仔細に眺める。

「よくがんばったね。でもきっと、まだまだ努力できるだろうね」

「ハイ、がんばります」

おれの言葉にうなずき、若者はせかせかとリュックサックを背負った。

「あ、おれ、石居さんの作品好きで、ずっと応援してます。これからもがんばってください」

純粋にうれしくて、自然と笑顔になった。人生の道の途中でおれの作品に目を留めてくれ、好きになったのなら、何かの縁でつながってるんだろう。一方的じゃない。おれが器に込めた声なき声を聞き届けてくれた、この広い世界でつながっている仲間の一人だ。おれも彼らから、十分すぎるものをもらっている。

「ありがとう、うれしいです。これからもがんばります」

ウォーク・イン・クローゼット

時間は有限だ。でも素敵な服は無限にある。年齢に合わせて似合う服は変わると分かってはいても、ガーリーで清楚なモテファッションを卒業するのは彼氏ができてから。とはいえ二十八歳にしては痛いと思われないように、微妙なさじ加減でシックな色合いや短すぎない丈を選び、フラワープリントやリボンはワンポイントにおさえる。正直言って、大人の洗練されたデザインの服を着たいなと思う日もある。いつもとは違う店で、シャープなストライプシャツに、メンズライクだけど細身でヒップラインが美しく見えるパンツを夢中で品定めするけれど、レジに持って行く直前でいつもやめてしまう。こういう辛口ファッションって、仕事はできそうに見えても男の人にモテないんじゃないか。

純粋に〝好き〟を一番にして選んでいたころと違い、現在の私のワードローブは〝対男用〟の洋服しか並んでない。

輸入雑貨店で買ったイギリス製のクローゼットはアンティークで一九三〇年代の品、六万円なり。天井にくっつきそうなほど背が高く横幅も広く、古めかしく重厚感がある。かくれんぼで中へ隠れた子どもが、偶然つながっていた異世界を見つけてもおかしくない雰囲気だ。

木製の扉を開けると、コートやスカートにブラウスにカーディガン、甘めテイストのワードローブたちが所狭しと並んでいる。今年買った服、去年買った服、ずっと着ている服。ハンガーをかちゃかちゃ鳴らしながら服を一枚ずつ見てゆくと、どれを組み合わせて着ようか頭がこんぐらがるから、忙しい朝の時間を節約するため、上から下までコーディネートしたセットをいくつか作っておく。セットをさらに世界観ごとにグループ分けするころには、どこに着ていくか、誰に会うための服かがすでに決まってる。すると、服が男に見えてくる。

アンゴラのふわふわニットワンピースとヌードベージュのパンプスの組み合わせは、街歩きのデートをする日が来たら着ていこう。紺色のセーターと、厚手のコットンパンツとコンバースのスニーカーのボーイッシュな組み合わせは、アウトドア派の彼がもしできたら着て、海にも山にも行こう。紀井《きい》さんと次に会うときは、わざとちょいダサのあずき色カーディガンと細かいプリーツの入った膝丈スカートを選んで、年下らしいウブさを演出する。なぜ買ったのか分からない、でもまだ一回しか着てないから捨てるには忍びない太いボーダーが全体に入ったAラインのワンピースは灰色のレギンスと合わせて、もしも万が一パネェとまたデートする日が来たら、着ていこう。

どの服も夢見ている。めくるめく魅惑のデートを、運命の男性を見つける瞬間を。愛する人に抱き寄せられ服ごと逞しい腕に包まれて、ずっと出会えるのを待っていたと耳元で囁かれる瞬間を。

一方で、不安もある。もしかしたら私が欲しがっている未来なんて、本当はどこにも存在しなくて、もし見つけても手に入れたとたん砂になって指の間からこぼれ落ちてゆく、儚い幻想のきれいごとなんじゃないだろうか。

恋人が去り、もう二度と立ち上がれないと泣いた昨年の冬、ベッドから出ようとしない私の部屋は、どんどん広がって空っぽになった。部屋の四隅は遠ざかり、天井や窓際は冬の寒さと結露と私の涙でじっとり湿って暖房は利かず、上掛けの白い布団は熱を失い、おでんの鍋から出して放置したはんぺんみたいに、重く冷たかった。冷蔵庫へ行くまでの四歩の距離が果てしなく感じられて、枕元のテーブルに置きっぱなしのアクエリアスを飲んで喉の渇きをしのいだ。

胸の辺りに巣くう虚無が体力を奪っていた。ちらつく雪は私の味方だったが満開に咲いた春の桜は敵で、世にも美しく咲きこぼれて世間の人たちに新しい季節の訪れを告げる大木の下を、顔を伏せて足早に通り過ぎた。私には新しいものなど何もなかった。完全に僻《ひが》んでいた。

あれから時が経ち、現在の私は会社もプライベートも通常通り精力的にこなしている。思いきり笑い、働き、食べながら、でも心のなかにはまだ、あのときの空っぽの部屋が残っている。

だりあのクローゼットは、私のクローゼットが丸ごとすっぽり入るくらい広い。なんといっても小部屋一つ分まるまるクローゼットなのだ。彼女の一人暮らしの部屋へおじゃましたとき、玄関を入ってすぐ右にあるドアのダイヤモンド形の取っ手を回すと、照明が自動で点き、壮観な眺めの彼女のワードローブを照らした。

「なにここ！　クローゼットっていうより衣装部屋じゃない」

「海外ドラマで見て憧れてたんだ。ウォーク・イン・クローゼットがあるのを第一条件にして物件を選んだの」

縦長の空間にある四連のハンガーラックには、カラー別に分けたほぼ新品の服が並び、四角く区切られた収納スペースには靴やバッグが、お店みたいにディスプレイされている。タグを見なくても一流品と分かる美しい服の数々は、ほとんどがだりあが仕事で着用したあと買い取ったものだ。

襟元にギャザーの寄った仕立ての良いエレガントなグレーのコート、背中のくりが大きく裾が透けたシフォン仕立てになっているリトルブラックドレス、レースが側面にあしらわれたディープブルーのタフタワンピース。この衣装に合わせて着けたのか、胸元にはエメラルドの眼の豹モチーフが個性的なネックレスが光っている。靴も見事で、上質な黒のレザーが迫力のあるロングブーツ、18Kのストラップチェーンのハイヒール、スエードの光沢が美しい縞のパンプス、シンプルな往年のデザインが目に沁みるほど美しい黒のハイヒール。だりあは知名度は抜群だけど、タレントとしてはまだまだ売り出し中で、真の一流ブランドが衣装を貸してくれるほどには、芸能人としてのランクは高くない。でも配色が鮮やかで美しく、スタジオだけでなく街で着ても映えそうな都会的なセンスの服ばかりだ。ランジェリーモデル時代のブラやパンティも、目のさめるような色とりどりの上下が新品のままチェストに詰め込まれている。

「スタイリストが私に似合うと思って選んでくれた服や靴を、一つも流したくないの。なかには高価すぎると思う品もあるけど、ちょっと無理してでも買う。買い取れない場合は自分で同じものを探してきて買う。おかげでお金は貯まらないけど」

「どうりでセンスの良い服が並んでいると思った。だりあが自分で選ぶと、いまだに元ヤンテイストが抜けないもんね」

「元ヤンじゃないし！　たしかにもともとのシュミでは、ワイルドなテイストが好きだけど」

いいや、元ヤンだ。その証拠に自分で選んだ私服だと、毛皮のやたら大きいブルゾンや、襟ぐりが開き過ぎなタンクトップ、タトゥーの柄のようなTシャツ、茶色すぎるサングラス、ダメージ加工ではない単なるボロいデニムのホットパンツなどを自信満々で着ていた。

「まぁだりあのセンスは置いといて、ステキな服がいっぱい手に入って良かったね。このなかから好きな服を着て遊びに行けるなんて最高。うらやましい」

靴箱に入ったヌードベージュで花とビーズの飾りがあしらわれたピンヒールを履いてみると、まっすぐ歩けないほどヒールが高い。これだけ盛って、やっとだりあと同じ背丈になる。うれしくて彼女の髪の毛をわちゃわちゃかき回したら、笑ってやり返された。

「実はあんまり着てない。ずらっと並んでるのを見るのが一番幸せなの」

「もったいない！　服は着てこそ輝くでしょ」

「日常では着なくても、ちょくちょく役には立ってるよ。ブログで私物コーディネートとかアップしなきゃいけないときとか助かってる。総合的にセンスが良いタレントが支持される時代だからね」

　ピーチ色のAラインワンピースを身体に当てて、奥の鏡に全身を映してみる。だりあなら太ももくらいまでの長さだろうけど、私だと膝上くらい。身長は違うのに服の号数が同じで、さすがだりあは身体を絞っているだけある。

「働いて手に入れた服に囲まれてると、いままでの頑張った時間がマボロシじゃなかったんだって思って、ほっとする。この部屋でドアを閉めて考えごとしてると、まだやりたい仕事がいっぱいあるって、むくむく野心がわいてくる。私にとっては、きれいな服は戦闘服なのかも」

　なら、私の服と一緒だ。私たちは服で武装して、欲しいものを掴みとろうとしている。

待ち合わせしていた代官山のカフェに着くと、ユーヤはすでに席についてカフェ名物の焼き野菜の玄米カレーセットを大きめのスプーンを使って頬張っていた。

「ユーヤ、おまたせ！」

「遅い。カレーもう先に食ってるよ」

「待ち合わせ時間通りに来たのに、遅いはないよ。ユーヤはずいぶん早く着いたんだね」

「休憩が回ってくる時間が思ってたより早かった」

氷の浮いたレモン水をぐっと飲んだあとの窓から差す陽にてらされたユーヤの笑顔はさわやかで、つい見とれてしまう。ナチュラルなオフホワイトを基調とした壁や家具と、たっぷりの観葉植物で居心地の良いカフェの店内を見渡してから席についた。

「今日はお店には何時に戻らなきゃいけないの？」

「一時間後くらいかな。今日は店長がずっといるし、早希《さき》とも会うって伝えてあるから、少し遅くなっても大丈夫だと思う。うちの店、そこらへんけっこう自由だし」

「いいなぁ、うちの会社なんかお昼はきっちり一時間、早く終えるのはいいけど遅れるのは一秒たりとも許さないって雰囲気だよ。パソコンのオフとオンがタイムカード代わりになってるから、休憩終わったらすぐ自分のデスクに帰ってパソコン立ち上げなきゃいけないし。昼ご飯を味わって食べたこと、一度もない、プレッシャーがかかってるせいか、味なんて分かんないくらい」

「辞めれば？　そんなストレスフルな会社」

「また出た、ユーヤの一刀両断。辞めたら、じゃなくて、私は会社でうまくやっていくためのアドバイスとか、早希は十分がんばってるよとかの、なぐさめの言葉が欲しいんだけど」

「言ってどうなんの、そんな言葉。第一おれが言っても説得力ないでしょ」

ユーヤはバイトばかりで一度も正社員になったことがない。いつものカジュアルな格好に赤いマウンテンパーカーを羽織っている。山登りなんてまったくしない都会っ子なのに、上手く着こなしているのはやっぱりカジュアルブランドのショップ店員としてのセンスがあるからだろうか。家ジムと自転車通勤で鍛えた筋肉は、夏ならハーフパンツから伸びた脚のふくらはぎで確認できるけれど、いまの季節はごわついたカーゴパンツに覆われている。

「出勤前に毎日ため息つくほどイヤな職場なら辞めるのが正解」

「イヤっていうか、すごくめんどくさいの、最近寒いから特に。なんとか家は出たけど、会社に着いて上司の顔を見たとたん、胃が痛くなっちゃって。昼ご飯のおにぎり一個を完食できなかった」

「ストレスだな。旅行でも行ってリセットしろよ。チベットおすすめだよ、去年行って世界観変わったし」

「チベット？　そんなマニアックな国、国内旅行もろくにしたことない私が攻略できるわけないじゃない」

「早希は世界が狭いんだよなぁ」

「ユーヤはむだに世界広げすぎ」

ユーヤは高校を卒業してから服や雑貨やインテリアの店で、一、二年ほどアルバイトして、貯めたお金で海外で半年ほど滞在する生活を送っている。彼の雑貨店員時代に私は客として店に行き、同じマイナーバンドが好きという共通点がきっかけで友達になった。女子大卒業の身として女の子の友達は数多くいても、男の子となると付き合う対象でしかなかった私に、初めてできた男友達だった。

ユーヤの趣味は旅行で、子どもの背丈ほどあるリュックサックと寝袋をしょって、バックパッカーをしている。タイやチベットやカンボジアやインドなどを、格安の宿に泊まりつつ旅してゆくのだけど、どうも現地では軽いドラッグを試しで吸っているみたいだ。やめなよ、捕まったらどうするの、常習化したらジャンキーになるよ、と注意するけど、ユーヤは〝そこでは合法だ〟とか〝ほんのちょっと試すだけで、もちろん日本には持って帰らないし、軽いのしかやらないから常習化なんてまず無い〟なんて言いわけばかりする。

ユーヤは要領がいいし、身体づくりも妥協しないし、食べ物も外見や健康に気をつけてけっこう選ぶから、ジャンキーにはならなそうだけど、彼が年下な分どうしても姉みたいな気持ちで心配になる。日本にいるときはほとんど潔癖といっていいほどの暮らしをしている彼は、長旅のあとは日焼けして、髭も髪もぼさぼさの状態で帰ってくる。

「いい感じの店だな、ここ。早希はいつもどうやってこういう場所を見つけてくるの？」

私も店のチョイスには満足していた。低めの天井についてる空調ファンの勢いが良すぎて、もし固定のネジが外れてブーメランみたいに旋回しながら落ちてきたらどうしよう、と若干恐怖心をあおるけど、それ以外は活気のあるＢＧＭも、一つ一つ微妙に違う輸入品ぽいテーブルや椅子も、アットホームでさりげない木のおもちゃなどの飾りつけも可愛い。

「雑誌に載ってるのを切り抜いたり、前を通りかかってステキそう、いつか行ってみたいなと思ったら携帯に場所をメモしたりしてる。ここは会社の友達がいいって言ってたから、来たんだけどね」

「このカレーもうまいよ、玄米の歯ごたえがいい感じ。早希も、ちょっと食う？」

「ん」

新しいスプーンで彼のお皿から一口もらう。はた目には私たちは休日にデートしてる、仲の良いカップルに見えるだろう。じっさいは私がだいぶ前に告白して一度ふられてから、ずっと友達関係なのだけれど。失恋をしてもなんとか立ち直れたのは、ユーヤに出会えたからだった。初対面から妙に話しやすかった彼は服好きでもあり、理屈やブランドは関係なく、直感と感性だけで服を選ぶ姿が好きだった。

プライベートでも会うようになり一緒にご飯を食べたり、お酒を飲んだりするうちに魅かれて、付き合いたいと告白したら、〝おれは好きな人いるから〟とあっさりふられた。短期間に二度もふられてもう恥ずかしくて二度と顔も見れないと撃沈した直後は思ったが、なんだかんだいって今でもこうして会っている。ただし、友達として。

「そうだ、今度のｇｉｎｂａｃｋのライブに一緒に行かないか？　ファンクラブ経由でチケットが取れたんだ。場所は新宿COSMIC」 「ｇｉｎｂａｃｋはもちろん見たいけど、COSMICか。あそこ箱小さいから、みんな死ぬ気で前へ詰めてくるでしょ。疲れるなぁ」

ユーヤと仲良くなるきっかけになったバンド、ｇｉｎｂａｃｋはインディーズを経てメジャーデビューし、最近では街角でも彼らの音楽をよく耳にするほど、売れてメジャーになってきている。チケットを取るのはかなり難しくなったが、ユーヤがファンクラブに入っているため、いまでもなんとか見に行ける。

「せっかくいま人気のｇｉｎｂａｃｋが見れるんだから、モッシュぐらい耐えろ。チケットぴあで十分で売り切れて、ライブに行きたくても行けなかったファンがたくさんいるぞ」

「分かった、じゃあ行く」

「オッケー。あ、水ください」

カレーを食べ終わったユーヤが横を素通りした店員を呼び止めて、コップを差し出す。ちょうど水差しを持っていた店員がユーヤのコップに氷入りの水を注ぐ。水差しのなかには輪切りのレモンが浮いている。

「ありがとう」

ニッと口角を上げてユーヤが微笑むと、女性の店員が照れてはにかんだ。ユーヤは天然で瞳がこげ茶色で鼻筋が通っていて、大きめの口がチャーミングで、コリー犬に似ている。こんな風に採光のきれいなおしゃれなカフェの店内にいると、ファッション雑誌の撮影が始まってもおかしくないくらい、なじんでいる。立つと意外に背が低くて、そこがちょっとがっかりポイント。これがカジュアルファッションのルールなんだと言って、本当の足のサイズより一回り大きいスニーカーを履いて意気揚々と歩いている彼は、口笛を吹くとミッキーマウス並みにうまい。

人あたり良く親切だが、急激にドライになる一面もあり、無愛想だけど実は優しいという正反対の性格をしている。

「さっき水注いでくれた子、化粧薄くても童顔で可愛かったけど、穿いてるデニムのサイズが間違ってるね。腰骨の辺りの生地が浮いてるよ、仕事着とはいえ、ぶかぶかでみっともない。ジャストサイズはあと一インチ下だな。元デブなのかな？」

笑顔のままユーヤがさらりと毒を吐く。きっといままでたくさんモテてきたんだろうけど、彼の女の子に対する外見への評価はファッション評論家ばりに辛口だ。

「ユーヤは最近、澄《すみ》ちゃんとはどうなの？　前デートに誘うって意気込んでたけど、成功した？」

「いや、はぐらかされた。前飲みに行ったときはすごい乗り気だったんだけど、いまは提出する課題を完成させるのにいそがしいんだとさ。終わったら多分時間もできて、デートもできる。あっちもおれの気持ちは知っててまだ話しかけてくるんだから、距離を縮めればいけるだろ」

澄ちゃんはユーヤの片想いの相手で、話を聞く分には澄ちゃんはまんざらでもなさそうだけど、あと一歩のところからなかなか進まない。ユーヤはフットワークも軽いし、しゃべりも軽快なので、信用できる男かどうか澄ちゃんが時間をかけて見極めているのではないかと私は思っている。

澄ちゃんはユーヤと同い年で二十二歳、友人どうしのスキー旅行で出会ったときから、ひとめぼれらしい。ユーヤが情熱的に伝えてくれた情報によると、澄ちゃんは赤みがかったブラウンに染めた髪をおさげにしていて、身長は百四十センチ台と小柄、ファッションもメークも原宿っぽくて可愛いらしい。髪色に合わせたオレンジ系のチークが丸くてよく似合ってるらしく、ユーヤは〝マトリョーシカみたいに可愛い〟とよく形容するのだが、ほめ言葉かどうかよく分からなくて反応に困った。洋裁学校でデザイナーを夢見て勉強中の彼女は、派手可愛いバッグやお洋服を並々ならぬ情熱を注いで製作しているのだという。

普段の小さな可愛らしい姿からは想像もつかない、デザインのことになると周りが見えなくなるほど集中する姿にほれたというのだから、一昔前にどこかの漫画で読んだような恋の落ち方だけど、世界にただ一つの恋をしているまっさいちゅうのユーヤにそんなこと言うと怒られるのでだまっておく。

「早希はいま何人でデートの打線組んでるの？　ちゃんと回せてるのかよ」

「そんな言い方無いでしょ。私はまじめにみんなとデートしてるんだから」

ユーヤが吹きだす。

「まじめにみんなとデート、なんて言葉は世の中に無いよ。まじめに一人とデート、なら分かるけどさ。早希みたいなタイプの女が、実は一番こわいんだよ。外見はいかにも女子大行ってたお嬢さんがそのままＯＬになったって感じで、髪もふわふわして可愛くて清楚系のファッションしてるのに、裏では何人もの男としょっちゅうデートして品定めしてる。タチが悪いってほどじゃないし、ヤリマンでも浮気性でもないけど、なんか裏切られたような気になる。えっ君みたいな子がそんな生活してたの⁉って」

確かに一人の気になる男性と何回かデートして、告白したりされたりして付き合い始めるのが、正しい男女交際ルートだ。でも色んな男性とデートしてみないと、相性が良いか分からないじゃない、というのが私の言い分。一人の男性とだけデートするにしては、残された二十代の時間は短すぎる。誰と相性が良いか探る期間は、どうしても複数の人とかぶってしまう。もちろんお付き合いが始まったら一人にしぼる。最近はデートしてもぴんとくる人がほとんどいなくて、いてもあちらからもう私を誘わなくなったりして、結果だれとも付き合わずに色んな男性とデートばかり繰り返している。モテモテみたいに聞こえるかもしれないが、なかなかむなしい状況だ。現状が長引くにつれてユーヤも私を〝気もたせ女〟として冷たい目で見るようになってきた。

「パネェとは遊園地以来デートした？」

「してないよ。もう会わないってこの前お茶したときに言ったでしょ」

「えー、パネェの話がもう聞けないなんて、つまんねぇよ」

ユーヤお気に入りのパネェは、女友達と行った日本酒バーで知り合った男性だ。私の隣に腰かけた彼は、若干ろれつの回っていない大きな声で、いままで見たことないほどの美人さんっす、と私を口説き始めた。私も酔っていたせいで、彼の酔っぱらって据わった瞳を、とてつもなく真剣な目つきだと勘違いして、話し込んでしまい、連絡先を交換した。もともと誰か良い人と出会いがあるかもなどと期待しながら入ったバーだったので、いっしょに行った友達はまさに出会いのあった私をうらやましがっていた。

みなとみらいの遊園地でのデートまで約束した私は、当日ものすごく後悔した。バーの薄暗い照明の下で見た彼はちょっとチャラそうだけど今風のかっこいい男性に見えたのに、昼間の遊園地で見ると、デートなのにパチンコ屋に開店前から並んでいそうなラフすぎる格好で、歯がヤニで黄色く、とうもろこしの粒を歯ぐきに差しているみたいだった。二歳年上の彼はどんな乗り物に乗っても、遊園地に来たのが初めてなのかと思うくらい、毎度新鮮にリアクションして、「パネェ！」を連発した。半端無い、の略語なんだろうけど、ずいぶんひさしぶりに聞いた言葉だった。（また言うのかな……）とひやひやしたタイミングで必ず「パネェ！」と唾を飛ばしながら言ってくるので、その雄叫びを聞く度に、当初予定していた時間より一時間ずつ早く帰りたくなっていった。

「パネェはテンションはおかしかったかもしれないけど、優しいいい奴だったのにな。初めてのデート、盛り上げようとしてくれてたんだよ。ま、気が合わないんじゃしょうがないか。じゃ、この前言ってた合コンの成果は？」

「まあまあかな。一人気になる人がいたけど合コン中はずっと話せなくて、終わって帰り道にやっと話せたの。うれしかったけど結構かっこ良くて競争率の高そうな人だったからあんまり期待はしてない。連絡先は交換したよ」

携帯電話のショップに勤めている隆史《たかふみ》くんは、合コンでは絶えずほかの女の子が彼と話している状態で、少しの隙もなかった。洗練されたおしゃれが細部に行き渡っていて、ワックスで立てた髪が後頭部まで形良く完成されて、合コンのメンバーのなかでもっとも空気を読むのがうまく、料理を取ったりドアを開けたりと紳士的だった。ちょっと目つきが無感動というか、死んでるみたいなのが気になるけど、覇気のなさがクールに見える。そしてなにより、若手の俳優みたいに顔が整っている。

「へえ、うまくいくといいな。まさか紀井とはもう連絡取ってないだろうな」

「昨日呼び出されて会社帰りにおでん屋さんに行った。ごめん」

「あいつは怪しいから時間の無駄だって言ってるだろ。勤め先も住んでる場所も言わないなんて、絶対既婚者のオッサンだから」

同僚に強引に誘われて仕方なくいっしょに行った異業種交流会（という名の婚活広場）に来ていた紀井さんは、すぐ名刺を取り出して名前と一緒に自慢げに社名を自己紹介するほかの男性たちと違って、一流会社に勤めていそうなのに控えめにコンサル系としか名乗らなかった。会自体に腰がひけていて、興味なさそうな感じが私と似ていて、話してみると予想通り、友人に半ば無理やり連れてこられたとのことだった。

落ち着いているし大人だし、初めてのデートで行った御苑近くのレストランでの彼はさりげなく色気が漂って素敵だった。ただ素性をいつまで経ってもはっきり話さないのがひっかかった。

モテるモテないの話になり、紀井さんはイケメンの定型通りに「僕はまったくモテない」と苦笑いした。

「ほんとに？　とてもモテそうですよ。彼女どころか奥さんまでいそう」

言ってしまってから自分の言葉にぎくりとして相手を見たら、彼は聞こえなかったふりと苦笑いの真ん中の態度で軽く受け流して、また話題を変えた。その後は何もなかったようにスムーズに会話が続いたけど、あきらかに変な間があったのは忘れられない。私と付き合いたいと思っている人なら、既婚者と誤解されたくなくて、恐ろしいほどの守備力でボールをキャッチして「いやいや、おれずっと女っ気なくて彼女とかいないよ。まして結婚なんてまだまだ先っぽい」と全力で私のキャッチャーミットに投げ込んでくるだろう。

私には興味あるけど男は少しくらいモテた方がかっこ良いと考えている人なら、モテるモテないの話のときに「どうかな。まぁ好きじゃない人にモテてもしょうがないから」などと浮いた話が無くはないのを匂わせつつ、「いい人が見つかったら、すぐにでも彼女欲しいけどな」とシングルなのを強調するだろう。二人きりの夜のデートに誘っている段階で、私に彼女持ちだとか妻子持ちだとか疑われて得なことなんて、紀井さんに一つもない。もし私のことが好きで付き合いたいなら。

デートの帰り道に肩を抱かれて、人けのない路地で強引にキスされて、私の家に近づいたところできつく抱きしめられた。ホテルか私の家でのお泊まりを優しく誘われたけど、なんとか振りきって帰ってきた。後日ユーヤにこの話をしたら「どう考えてもそいつ怪しいだろ。目を覚ませ色ボケ」と一喝された。

「既婚者って決定したわけじゃないでしょ。単に用心深くて、まだよく知らない私に素性を明かしたくないだけの人かもしれないし。これから何度も会うにつれ、色々教えてくれるかも」

「たしかに用心深いよなぁ、素性は明かさず、付き合おうとは言わず、身体は奪おうとしてるんだから。大した奴だよ、やり慣れてるんだろうな。紀井とはもう会うなよ、わかった？」

「……わかった」

「なんだ、その顔は。あ、もう次のデートに誘われてるんだな？」

ユーヤの鋭さに、仕方なくうなずく。

「どこに誘われたんだ」

「湯河原に一泊」

「清々しいほどヤリ目だな。返事はもうしたのか」

「ううん、今朝メールが来たばかりだから」

「おれが返信してやる。ケータイ貸せ」

なんでよう、と抵抗を試みたがユーヤはあきらめず、何度も手を差し出して、しまいには空の椅子に置いてあった私のバッグを勝手にあさろうとするので、あきらめて携帯を取り出し、紀井さんへのメールの返信画面にして、ユーヤに渡した。ユーヤは慣れた手つきで文字ボタンを打っていく。

「できたら送るまえに見せてよ」

「もう送った」

「えっ、うそでしょ」

ユーヤから携帯をふんだくり、送信済みメールを見ると、

『湯河原！

いいですね、ぜひ行ってみたいな(^0^)

ところで紀井さんってもしかして……結婚トカされてるんですか??』

「うまく書けてるだろ。代筆がバレないよう、早希がよく使う、開けた口が昔のダッチワイフっぽい顔文字も使っておいてやったぞ」

「なにそれ、もう」

脱力しながら、ようやく聞きたいことが聞けてほっとしていた。湯河原には初めから行く気はなかったし、丁重にお断りするつもりでいたけど、じゃあ近場でまた飲もうという話になったら、もやもやする気持ちを抱えながら行ってしまったかもしれない。普通ならそんなことしないけど、なにしろ自分から話しかけてしまったほど好みのタイプの男性だから、判断力がにぶっている。

「なんて返ってくるだろ、ドキドキする」

「すぐには返ってこないよ。必死で言い訳を考えてるんだからな。嘘つくかどうか迷いもするだろうし」

「〝独身だよ、どうしてそんな事聞くの？〟ってサラッと普通に返してくる可能性も考えてよ」

「百パーセント無いな」

ユーヤと小競り合いしながらカフェを出たあとは、ユーヤが新しいテレビ機器が欲しいというので、渋谷の大型家電量販店に足を運んだ。

広いワンフロアに電化製品を見に来た客たちがひしめいて、店内は宣伝のアナウンスや店員の特価品を紹介する呼び込みの声でやかましく、カフェで養った癒やし成分がすべて奪われてゆく。私と違い家電量販店が得意なユーヤはテレビ機器のある三階にたどり着くまえに、新しい携帯の機種やパソコンに目を奪われて、いちいち寄り道する。こういったお店で私が唯一安らげるのは美容機器売り場だけど、階数の高い位置に売り場があって、わざわざ行く気にもならない。上りのエスカレーターを探すにも、フロアが広すぎて骨が折れる。

ようやく三階のテレビ機器売り場にたどり着くと、ユーヤは意気揚々とお目当てのコーナーへ急ぎ足で向かった。フリーターで旅行ばかりしてお金もそんなに無いくせに、新発売の電化製品や高性能のマウンテンバイクにめっぽう弱いのだ。貯金なんか全然してないんだろうな。ポケットのなかの携帯が震え、相手の名前を確認して息を飲んだ。テレビコーナーでしゃがみこみ、下の段に置かれた商品を熱心に見ているユーヤに近づき、肩をたたいた。

「あ、早希。このテレビどう思う？　小型で薄いのに画素数すごいんだけど。最高画質なんだって。おれリビングにしかテレビないから、寝室に置こうかな」

「紀井さんから返信きた」

「え、もう⁉　なんて書いてた？」

「まだ見てない」

緊張で声がかすれる。二人いっしょに携帯を覗きこみ、受信メールを開く。

『結婚してるよ。

早希さんはしてないの？

湯河原は一度行ったけど、四季折々の景色が美しくて、良いところだよ(^_^)』

頭が視線ごと、ぐらりと揺れる。ユーヤが憤慨した声でなにか言ってるけど聞こえない。帰り道で貸してくれたマフラーの上質な手触り、彼の前髪が描くゆるやかな曲線、微笑んだときの目尻の優しげな皺。強い眼差しに射すくめられて始まったキス、きつめの抱擁、甘くビターな男性用の香水の匂い。知らない間に不倫していた。

「こいつ早希のことナメきってるな。こんなメール返してもおまえがついてくると思ってる。ケータイ貸せ、きつい一言ぶちかましてやるよ」

「いい。自分で打つ」

しびれた脳で文字を打ち込みながら、すでに怒りはふくれ上がっている。ユーヤの推理は前半当たって後半外れた。紀井さんはたしかに結婚していたが、私からの直球メールに一晩中悩んで返信するのではなく、一時間も経たないうちに開き直りのメールを送ってきた。私との関係はどうでもいいんだろう、うまく最後までやれたらラッキーぐらいの気持ちで会ってたんだろう。いま思い出すとあいつの笑顔、おっさんのくせにかっこつけてて、目は笑ってなくて、鼻孔が微かにふくらんでいてめっちゃ気持ち悪かった。ただのナルシスト!

「どんなの書いた? 見せてよ」

「もう送った」

「はやっ」

ユーヤがのぞきこんだ送信済みメールの画面には、

『湯河原、良いところなんですね! 次の恋人ができたら行ってみます(^0^)二度と連絡してこないでね』

「おっ、いいじゃん。最後ちょっと生ぬるいから〝二度と連絡してくるなハゲ〟ぐらい書いても良かったかも。いや、早希が書いたのくらいの方が余裕があって良いかもな」

ユーヤはほめてくれるけど、ちっともうれしくない。怒りで身体がかっかしていたのが、メールを送り終わると冷めて、かわりに呆然とする虚しさがおそってきた。どうしてこんなに気分が落ち込むんだろう、まさか紀井さんを好きになっていたからとか？　いや、違う。私は自分に失望してるんだ。体よく騙されて、というか本当は嘘さえ吐かれてないのに怪しいのを見ないふりして、紀井さんの作り出す世界に酔いしれていた自分に、失望してる。

二十代前半なら、もっと被害者ぶった気持ちに浸れたかもしれない。でも今の年齢だと自業自得という言葉しか浮かばないし、客観的に見て「淋しいんだな」という感想を持つ。かといって「私が遊んでやったようなもん」「まあまあ良い思い出来たし」「損するまえにずらかるか」みたいな勝気なコメントを返すには、気持ちが全然追いついてこない。男運がないのか、私に見る目がないのか、私も彼につり合うほどつまらない女なのか。どれが当てはまったとしても、そんな自分を好きになれそうもない。

見慣れた笑顔が視界に入った、気がした。辺りを見回すけど、近くにはまだ私のメールを読み返してるユーヤしかいない。気のせいだったか、と顔の位置を元に戻すと、テレビコーナーにあるすべてのテレビに、大写しになっただりあの顔が映っている。

彼女は鋭い眼差しで、なにか真剣にしゃべっていた。音声は流れていなくて、赤く塗った口角の切れ上がった唇が動いているだけ。隣に並ぶ評論家や弁護士や雑誌の編集長などの他のコメンテーターや、ワイドショーの司会者は、彼女の言葉に熱心にうなずいている。ワイドショーのコメンテーターにだりあが抜擢されてから、もう二年経つ。大して中身のないことを自信満々に話すことに定評のある彼女のコメント。でも妙に惹きつけられる彼女の堂々とした態度、首を少し傾けてしゃべるコケティッシュさ、相手をまっすぐ見つめる射るような視線。彼女が発する光線に、司会者もアシスタントのアナウンサーも、他のコメンテーター陣も見とれている。

「ワイドショーなんかに興味あるのか」

私の視線の先を追ったユーヤが訊いてくる。

「ううん、だりあを見てるの。友達だから」

「え、末次だりあと友達なのか⁉　初耳だぞ」

「うん、幼稚園のときからの付き合い」

どきどきしながら打ち明けて、言い終わってすぐに後悔の波がおそってきた。大人になってから、彼女と友達だと誰かに明かしたのは、これが初めてだ。言いたくなかった、できれば隠しておきたかった。

「へえ、ずいぶん長い知り合いなんだな。ていうか、幼なじみじゃないか。いいなぁ、この人めっちゃきれいだろ。生で見るとどんな感じなの？　顔小さすぎて驚きそう」

　はしゃぎ出したユーヤに、半ばあきらめの気持ちで笑顔を作り、たしかにきれいだよとうなずく。あーあ、言っちゃった。いままで黙っていられたのに、ついポロッと。紀井さんに軽く見られて傷ついたプライドを、だりあが友達だと明かすことで回復しようとしたのか。だとすれば、これも情けない話だ。芸能人の友達自慢なんて。

「いまでも会うの？」

「うん、結構会うよ。家が近いのもあってね。もともと子どものころ同じ団地に住んでいたのが縁で友達になったんだけど、大人になってからも偶然住む場所が近くて、またつるむようになった」

「いいなぁ、おれも会わせてよ」

「機会があればできると思うけど、この子、性格ほんとキツいよ」

「分かる！　画面で見てても伝わる。でもやっぱ、会えるなら会いたい。だりあさんと次に会うときにさ、私の友達といっしょに飯でも食おうって誘っておいてよ」

　テレビではとっくにだりあの映像は消えていて、日本列島各地の天気予報を映し出していた。ユーヤは初めこそはしゃいでテンションを上げたものの、そこまで食いついてこなくて、またテレビの品定めに入り、人知れずほっとする。よかった、反応があっさりしていて。それはそうだ、ファンクラブにも入るほどの大ファンでもない限り、もしくは国民的スターでもない限り、テレビで見かけるだけのタレントに対するみんなの興味なんて、大したことない。じゃあ私はなにを恐れていたんだろう。だりあの友達だってばれるのを、なぜ長年避け続けてきたんだろう。

幼い頃だりあが着ていた洋服は、ダリアの花の赤い色というより、血のヘモグロビン色だった。突然団地の公園に現れるようになった彼女は、さっそく団地のリーダーの子どもに目を付けられて、公園の裏へ連れて行かれた。団地の子どもたちのなかでも一番年下のみそっかすだった私は、ブランコに乗りながら、木陰に消えてゆく赤い服を眺めた。いまに泣きながら飛び出してくるぞと思いながら。

泣きながら飛び出してきたのは、団地のリーダーの方だった。

「末次だりあという名前です。なかよくしてやってくださいね」

同い年の団地っ子というだけで、だりあの母から彼女を紹介された私は絶望した。団地のリーダーが泣かされて以来、子どもたちの間でだりあは恐れられていた。だりあは、年の離れた姉みたいに若い母親に手をつながれて、私をにらみつけた。彼女の着ている暗い赤色のワンピースは、ひらひらに膨らんだスカートの裾から黒いレースがコケティッシュにはみ出ていて、私が絶対に親には買ってもらえない類の服だった。

公園へ送り出された私とだりあは、しばらく無言で歩いていたが、ふいにだりあが手をつないできた。もしかして私と仲良くなりたいのか。小道を曲がり公園を背にすると、他の子どもたちが遊ぶ声が徐々に小さくなってゆく。裏手にあるこの道は手入れが行き届いてなくて、長く伸びた草が、すねやひざに当たった。団地が管理しているバラ園は五月こそ色んな種類のバラが咲いてきれいだが、真夏の今は野草が生い茂り、蚊や蜂がぶんぶん唸って、網のフェンスの真ん中にあるドアは施錠されていた。

午後、夏の太陽の直射日光がカッと照りつけたバラ園の前は暑く、こめかみから流れる汗はくちびるの端に流れこんでしょっぱかったが、私はなにも言わずだまりこくっていた。完全に人目につかない所まで来ると、だりあは急に私にほほえみかけてきた。にぎっていた手をリズミカルに揺らしたあと優しくほどき、「こっちにいったら、なにがあるか知ってる?」とうれしそうに聞いてバラ園の方へ歩いてゆく彼女の後ろをついてゆく。

ぶちん、ぶちんと何か引きちぎる音が聞こえて、いたずらっぽい表情で繁みから戻ってきただりあは、いきなり私に何かをにぎらせた。ふり払おうにも無理やり拳を閉じさせて、すごい力で握ってくる。何かが刺さってゆく、めちゃくちゃ痛い感触が手の内で火花を起こす。同い年とは思えない渾身の力でがっちりと私の握りこぶしを押さえこんだだりあは、すでに笑顔などひとかけらも残っていない、上気した憤怒の塊の表情で私が泣くのを待っていた。なにも知らない子ならこの時点で、蜂か針でも握らされたと思い、パニックになって泣くだろう。でも私は知っている、いま私の手のなかにあるのは棘の生えたバラの茎だ。

蝉の鳴き声以外に何も聞こえない、植物の生い茂った大人たちの死角で、私とだりあは無言で対峙しつづけた。その間もだりあの手の力は一向に緩まりはしなかった。彼女が団地の子でなければ私もがまんせずに泣き叫んで、一目散に逃げ出しただろう。しかしだりあは団地に越してきた。そうなると宿命的に付き合いが長くなる。どちらかが転校でもしない限り、私たちはつねに同じ遊び場で遊び、集団登校でいっしょに学校へ通わなければいけない。もし親どうしが親しくなれば、お互いの家のご飯に呼ばれたり、親がいそがしいとき預けられたり、誕生日会にもかならず呼び合わなければいけない。

歯をくいしばって耐え続けていると、飽きたのか疲れたのか、ついにだりあは手を離して、くやしそうな表情のまま元来た道を走って帰っていった。勝った……と思い手を開いたとたん、私は泣いた。棘のついたバラの茎だけだと思っていた手のなかには、イラクサとくっつき虫も含まれていて、血だらけの手のひらにはバラとイラクサとくっつき虫の棘が何本も突き刺さっていた。

最悪の出会いだっただりあと、どうしていつも一緒に遊ぶほどに仲良くなれたのか、今はもう思い出せない。気がつけば私は彼女と同じ小学校に通い、手をつないで下校し、ランドセルをうちに置いてからは公園で待ち合わせて、ゴム跳びをしたり秘密基地と称して訳の分からない深い穴を掘って底にしゃがみ込んだりしていた。年上の子どもににらまれても、だりあはびくともしなかった。ほかの同い年の子とは違う、大人のようにはきはきした物言いをして、子どものくせにすでにかれてるハスキーな声は、普通の音量でしゃべっていてもよく通った。天真爛漫な子どもとはまったく違い、翳は出会ったばかりの幼い顔にもすでに表れていた。フランス人形がいくら愛くるしい顔立ちでも子どもらしさに欠けているのと同じで、彼女はいくらはしゃいで笑っても、ほかの子たちみたいに心の底から安心しきった、乳くさい甘えた表情にはならなかった。

彼女が小学校に着てくる服はコスプレじみていた。あるときはバスガイド、あるときはキャビンアテンダント、またあるときはゴスロリ風味、一転してお嬢様テイスト。まるでリカちゃん人形シリーズみたいに、彼女は様々なタイプの職業やファッションテイストの大人の女性の服を着こなし、まだ完全な子ども体型なのに、よく似合っていた。

小五のくせに紺のタイトスカートをはいて、バスガイドみたいな白と紺の平たい丸帽を斜めにかぶり、母親と同じ色に染めた茶髪を顎のあたりで切り、ゆるくパーマをかけていた彼女は、あきらかに学校と違う場所へ通うほうが似合っていた。たとえば雑誌のモデルの撮影所とか、多国籍の子どもの集うインターナショナルスクールとか。服はいつも母親が勝手に買ってくるとだりあは言い、学校に着て行かないとお母さんががっかりする、とも言っていた。

彼女の母親の金銭感覚は不思議だった。いや、はっきり言うと堅気の金銭感覚は完全に崩壊していた。だりあは月々にお小遣いをもらってなくて、百円の駄菓子さえ買えないときもあれば、お年玉の季節でもなんでもない日に突然一万円札を持っていたりした。くれる人は母親か、母親目当てに家へ遊びにくる男性で、だりあがアイスをおごってくれても、私はあまり素直に喜べなかった。

お小遣いの多い彼女がうらやましい反面、まるで口封じのようにお金を渡してしまう大人がまともではないと、なんとなく気づいていた。父親が帰ってこないかわりに渡される一万円。きっとそれはなにか大きなものの終わりを意味している。一万円ぽっちでは決して補えない、大切なものが失われている。

だりあはうちへ来るとにかく長居した。おやつを食べて、人形遊びをして、アニメを見て、夕ご飯を食べて、お風呂に入っても、まだいた。夕ご飯前にうちの母が「だりあちゃん、お母さんに今日ご飯ここで食べてくるってちゃんと言った？」などとさりげなく聞くけど、だりあは無表情でうなずき、ごく自然な動作でうちの食卓につく。お風呂に入ったあともう一度母は「だりあちゃん、なにも言わずにお泊まりしたら、お母さん心配するんじゃない？」と聞くが彼女は「ママ知ってる」とだけ言い、すぐにまた私と枕を投げ合いっこする遊びに戻る。見かねた母が、だりあに親へ電話をかけさせたが、彼女の母は本当に心配していないようで、だりあが朝までうちにいても、電話がかかってくることはなかった。

「どうなってるのかしら、末次さんちは」

母は団地の母親仲間に長いこと電話していた。ひそひそ声で話しているからよく聞こえなかったけど、だりあについて話しているのはあきらかだった。あの女の子がうち以外の家に招んでもらえない理由が、ようやく分かってきたわ……と母がため息まじりに言うのが聞こえた。母親の気持ちはよく分かった。私は私で、だりあが家族のテーブルにまるでもう一人の子どものように座り、家族に溶け込んで自然に会話しているのを見ると、胸がざわざわした。父と兄は違和感は感じておらず、むしろ彼女が混じると楽しそうだった。

だりあの家へ遊びに行ったとき、彼女は家のある三階に着くと、呼び鈴を押すのではなく持っていた鍵を使った。うちに遊びにくるときとは違い明らかにテンションの低い彼女に先導されて中へ入ると、うちと同じ団地とは思えないほど、昼間なのに室内が薄暗い。リビングの遮光カーテンが閉まったままで、だりあが電気をつけると廊下が明るくなった。入ってとも言わず靴を脱ぎ散らかし家に入る彼女についてゆくと、廊下の端やドアの前、リビングのじゅうたんの上などにモノが散乱していた。当時は分からなかったがいま思えば煙草の煙の臭いが部屋に染みついていて、子ども部屋のドアや襖にはだりあの落書きが黒々とでっかく、消されずに残っていた。

だりあは一人っ子で私と兄が共同で使っていた部屋を一人で使っていたが、中はすさまじく散らかって、遊べるスペースが半畳くらいしかない。敷きっぱなしの乱れた布団からはほのかにおしっこの臭いがして、足元にはレゴブロックや人形などが転がっている。学習机や本棚に気まぐれに貼られたシールは色あせていて、教科書やノートがしわくちゃになりそうなありさまで床に捨てられているなか、ちゃんとハンガーにかかった大人っぽい洋服だけが浮いていた。

「かわいい服だね」

リカちゃん人形の服が人間サイズに大きくなったような愛らしいデザインの洋服たちに私が羨望の眼差しを向けると、だりあは急に不機嫌になり、

「あんな服、ちっとも好きじゃない」

と言って服をハンガーごと持ち出して床へ投げた。

だりあは私をキッチンへ誘い、汚れたお皿のいっぱい溜まった流しで箸を洗うと、鍋に少量残っていた何かの液体を、箸でかき回しつつ、ガスレンジの火をつけて温めだした。鍋は背伸びしてようやく届くくらいの高さにある。

「火はつけちゃだめだよ、カジになったらどうするの」

母に言われた通りの言葉を彼女に浴びせる。どんな遊びをするにしても、コンロやライター の火、包丁やナイフで遊んでは絶対にいけないと母親からいつもきつく言われていた。

「だいじょうぶだよ、火はここからしか出てこないよ」

彼女はガスコンロのバーナーヘッドを指さし、やがて沸騰の泡がわき上がると火を止めた。慣れた動作だ。

「飲もう」

マグカップによそってくれたその液体は、間近で見てもなんだか分からなかった。濃い色で油と野菜の切れ端が浮かんでいる。飲んでみるとお味噌汁よりおいしくて、スープより油でギトギトしていて、飲みくだすと喉にまとわりついた。麺のかけらが浮いている、ラーメンの残り汁だ。だりあはおいしそうに飲み、飲みきるとさらにもう一杯注ぎ足した。

ガタ、とリビングから音がして飛び上がった。家には私たち二人しかいないと思っていたのに、よく見るとソファにかけられた布団の隙間から、見覚えのある長い茶髪がはみ出ている。だりあのママだ、だりあが自分で鍵を開けたから、まさかいるとは思わなかった。畳みかけの洗濯物と布団の間にうずもれた頭は、起きようとしているのかもぞもぞ動いている。真昼間になぜ寝ているんだろう？低いテーブルの上にはビール缶が数えきれないほど乱雑にたくさん置かれていて、どれもからっぽのようだった。

「ダーリン？」

もったりした甘い寝ぼけ声が、布団の内側からくぐもって聞こえた。だりあの服と同じ色のマニキュアが塗られた指が出てきて、布団をめくろうとする。急に腕をひっぱられて、だりあが強引に私をキッチンから廊下に連れ出した。

「行こ」

私も一刻も早くこの家から出たくて、だりあの母親にあいさつもせずに飛び出した。

深夜にテレビをつけると、偶然だりあを見かけて、化粧水をコットンで肌にはたいている手が止まる。だりあはちょっと不透明な経歴で、自称ファッション誌のトップモデルだけど、かなり際どいランジェリーのモデルの経験もあり、テレビでは下ネタもオーケーだ。美しさの秘訣を聞かれると彼女は自信満々にハードな腹筋トレーニングや、何種類ものクリームを使い分けた肌のお手入れ方法を説明する。

でも私は彼女がなんの手入れもしなくてもあんまり太らない体質で強い肌を持っているると知っている。幼いころ腐りかけの物でも食べたり、ほこりまみれの家で寝起きしているうちに免疫力がついたのだろう。

テレビに出ているときのだりあは、たいがい奇抜なことを言って周りを「え〜」と驚かせ、自分の美しさにあふれるほど自信を持ち、どうせ若いころだけの使い捨て、と見ている人みんなに同じ感想を持たれながらも、それだけじゃ終わらせないぞという気概に満ちて、鋭いジョークや意見を述べたりもする。テレビを見つつ、またまた低俗な番組に出てるなぁ、前に出てたのよりあけすけな内容じゃないか？　と呆れるが、現場で闘っている最中の彼女は生き生きとして美しい。合図が出ればすぐに目の前の人に飛びかかって食ってしまいそうな、ぎらついた野性的なアイラインに濃くふちどられた瞳、的確なタイミングで毒を吐こうとうずうずしている赤い唇、現場のハイテンションに夢中なようでいて、どこか冷めている。すさんだ目つきは、子どものころのままだ。

ひさしぶりにご飯でもいっしょに行かない？　私の友達もまじえて。

唐突なメールだったのに、だりあから「いいよ」とあっさり返ってきたときは拍子抜けした。今忙しいとかおもしろくなさそうとか（だりあは、思ったなら本当にそれくらい言う）そっけない返事が返ってきて、私がそのままの文面をユーヤに見せて、イメージ通りだなと二人で苦笑する展開かと思っていたのに。会う予定はスムーズに決まり、ｇｉｎｂａｃｋのライブにだりあも来ることになった。初対面どうしがいきなりいっしょにご飯を食べてもあんまり話題が無いだろうから、ライブを見ていた方がお互いにラクだ。

浮き立った気分でつけてゆくピアスを選んでいたら、思いのほか迷ってしまって、その間にどんどん落ち込んだ。私にはこういうことがよくある。遊びの予定が決まったときは楽しそうな面しか見えなくて、その日が来るのが待ち遠しいのに、いざ前日や当日になったら、予定が現実的に具体的に見えだして面倒になり、とたんに行く気が萎える。グループで遊ぶときは、一人でもいけ好かない人間が混じっていたら、気になりだして憂鬱になる。服やバッグを選ぶときも、浮かないか、からかわれないか、話のネタにされないかを念頭に置いて、クローゼットとにらめっこする。ハードなスケジュールのときは、ハイヒールはやめてコットンパンツにスニーカーにしよう、とか、逆に女友達と遊ぶときは一人ださかったら恥ずかしいと思って、妙に気合の入ったコーディネートにしてしまう。雨なんか降ってきたらサイアクだ。どうやって予定を立て直したらいいか分からなくて、遅刻したり、雨用じゃない靴がびしょぬれになって黒ずんだらどうしよう、長靴持ってるけど、どうやったってカジュアルになるし……とドタキャンの連絡来ないかなぁと神に祈るような気持ちで携帯を眺める。

嫌な気持ちを抱えたままヤケクソで家を出て、待ち合わせ場所で友達の顔を見たら、不思議なほどモヤモヤは霧散する。まるで別の人間に生まれ変わったみたいに、奥に引っ込んでいた社交的なワタシが表に出てきて、普通に笑い、快活な声でしゃべる。

でもうまく切り替えられないときもある。それは、遊びのメンバーや内容が危惧通り難易度Sクラスだったときに発生する。まだ分からないけど、今夜の予定も難易度Sクラスの予感が選べないピアスからひしひしと伝わってきた。そもそもいつもだりあの前でつけるピアスのタイプと、ユーヤやデート相手の前でつけるピアスのタイプは違う。だりあと会うときにつけるピアスは、一粒のシンプルなダイヤかクロスにして、クールめでいく。ユーヤたちと会うときは、花やジルコニアやリボンが飾りの、フープピアスや繊細に揺れるピアスをつける。

服もだりあと会うとき私はできるだけ簡素な、デニムとシャツみたいな格好で出かけてゆくけど、ユーヤたちとのときは裾の広がったAラインのスカートや、ミルキーカラーのカーディガンを羽織ったりして可愛い子ぶる。

なんて色々考えるけど、周りの人たちから見たら、私のカッコなんて普通で、なんら個性のない他の二十代の子と変わりないんだろう。だりあもユーヤたちもきっと、私が何も考えずにただ好きな服を着てるだけだと思っているだろう。

迷うなら、いっそ会う人にどう思われるか考えずに、本当に自分の好きなカッコをしてみたら？

自分に提案してみるけど、こうしてクローゼットの中の服たちをベッドの上に出したら、本当に着たい服なんて一枚も無い。そもそも私の本当に着たい服ってどんなだろう？　選ぶ段階で主観ではなく他人の視点で店頭に並ぶ服を見ているから、どんな服に出会っても、ときめきより先に〝これ着てたら○○さんにほめられそう〟が先にくる。で、実際買う服はどれも会う人に、ＴＰＯに、いまの流行に合わせただけの個性のない服。でもやっぱりそういう服にかぎってみんなの目に留まって褒められたりするから、狙いは外してない。

爪をかみ、散らばった服を眺めながら時間だけが過ぎてゆく。遅刻はまずい。そうだ、だりあでもユーヤでもなくて、ライブに焦点を当てた服装にしよう。飛び跳ねやすくて、黒のロック系で、且つやりすぎないくらいのユーズド感を出して。場所に合わせるのは基本なのに、会う人たちのことを考えすぎて忘れていた。

汗をかいたら脱げる上着にVネックのシンプルで形の良いTシャツ、シルバーのアクセサリ類を選び、ダメージの強いデニムをはくころには、出発予定時間がギリギリに迫っていた。昼ご飯を食べてから支度を始めたので、まるまる午後いっぱい着る服に悩んでいたことになる。ベッドや床に散らばった服やバッグをしまう時間はなくて、最後に厚底のスニーカーを履いて玄関を出ると、部屋は振り返りたくないくらい乱雑なありさまだった。

クローゼットの奥からひさしぶりに引っぱってきたモッズコートが、若干カビくさい気がして、周りの乗客にばれないよう何度も匂いをかぐ。電車を降りると駅のトイレに直行し、コート全体に携帯用の消臭スプレーを吹きつける。もう近くまで来てるけど、待ち合わせ時間が迫ってる、早く行かなきゃ。私以外のメンバーは初対面同士だから待ち合わせ場所で気まずくならないように一番先に到着しようと思ってたのに、結局予定時間ジャストになった。チケット売り場前にはすでにユーヤが到着していて、まだ私に気づいてない彼はやや緊張した表情で立っている。

「ユーヤ」

私の声にユーヤは「ああ」とも「おお～」ともつかない、微妙な歓声を上げて笑顔になった。待ち合わせで出会ったとき、多くの人が、もちろん私もこの声を上げる。言語化されていないけど気持ちが通じ合う不思議な声だ。

「すごい人だな。客がほとんど入ってない対バン時代からライブ行ってたおれからすると、感慨深いよ」

「うん、どんどん人気出てるよね。だりあはまだ来てないのかな」

「どうだろうな、おれは来たときからここにいるけど」

いつも元気なユーヤが、いつもなら会った瞬間から私をいじって機嫌よく笑うのに、だりあが来るからテンションをやや低めに用心深く設定している。わずかにめんどくさそうな表情も垣間見えて、なぜかうれしくなる。だりあに会いたいと言ったものの、じっさい会うとなると緊張するんだろう。だれにでも人当たり良く接する、コミュニケーション能力の高い男に見えるユーヤだけど、本当は私と同じで、人見知りで内弁慶なところがある。

ユーヤもこんなだし、私も今日は〝すっごく楽しい日〟じゃなくて〝まあなんとか無事に済んだ日〟になればいいや。ライブを見たあと、近くのカフェかレストランでちょっと休憩して、それであっさり帰ろう。このメンバーでの集まりに、二回目があるとも思えないし。

「早希」

突然間近で背後から呼ばれて、びっくりしてふりむくと、私より八センチ背の高いだりあが眼鏡をかけて立っていた。私は言語化されてない待ち合わせ用歓声を上げたが、だりあは声を上げずに唇を引き上げてちょっと笑顔を作った。彼女は出会い頭のテンションが常に低い。トレードマークのウェーブがかった茶色い髪を後ろで束ねて、いつも私と会うときにしてるみたいな地味な格好で、バッグさえ持っていない。

「ここまで迷わず来れた？」

「うん、車で来て、すぐ見つけた。近づくと人がいっぱいいて分かりやすかった」

「よかった。全員そろったし、とりあえず入場しよっか」

周りの人たちに気づかれても困るので、だりあと名前を呼ばないように気をつけながらチケットもぎりの列に並ぶ。だいぶ人目につくけどこの待ち合わせ場所でいいの？　と、だりあにはあらかじめ聞いていたけど、彼女が大丈夫と言うからここで待ち合わせた。並んでる間にユーヤとだりあはお互い会釈を交わし、緊張ぎみのユーヤがチケットをだりあに渡す。

「ありがとうございます。えーっと、お代金」

「あとでいいですよ」

「いえ、すぐ出ます」

だりあが封筒に入ったお金をユーヤに手渡し、二人ともお礼を言い合った。多少の気疲れはあるけど、やっぱり私と仲良い人同士が初めて出会って同じ空間にいること自体は喜ばしいし微笑ましい。

「あの、けっこう前からあっちの植え込みの横で、待ってらっしゃいましたよね？」

ユーヤが遠慮がちにだりあに訊くと、彼女はうなずいた。

「はい、確かにあの辺りにいました」

「やっぱり！ 似てるな～とは思ってたんですが、初めて会うので間違ってるかもしれないと思ってました。声かけたら良かったですね、ごめんなさい」

「いやいや、気にしないでください」

五分遅れて来たと思っただりあだけど、実はだいぶ前から来ていたらしい。

「あ、じゃあ一番遅く来たの私か」

「おいおい、今日のまとめ役なんだからしっかりしてよ」

ユーヤが冗談ぽく私にツッコミを入れ、だりあも笑い、私もごめんと言って笑ったが、うまく笑えているか自信がない。私がジャストに来て気が利かなかったから待たせてしまったんだ。いつもなら笑って済ませられるのに、今日は緊張もあるのか、いったん盛り返したテンションがまた落ちてゆく。でも私が初っぱなからうなだれてもどうしようもない。

「だりあもｇｉｎｂａｃｋの歌聴いたことあるって言ってたよね」

名前の部分を小声にして訊くと、相変わらず愛想笑いのかけらもない顔で、だりあがうなずく。

「うん、くわしいって程じゃないけど、アイポッドに入れて聴いてたりもした」

ユーヤに接するときの自分と、だりあと接するときの自分が違いすぎて、もどかしい。ユーヤと接するときは結構はしゃぐけど、だりあと二人のときは家族のように二人で皮肉ばっかり言っているからだ。

「ライブ始まるまでに、なにか予定ある？」

携帯を見ていただりあが訊く。

「ううん、あと四十分くらい、特にすることもないよ。トイレ行きたいなら行ってきていいよ」

「よかったら楽屋行かない？　恒輝《こうき》が誘ってくれたんだけど」

「えーっ、恒輝さんが!?」

ユーヤの声が響き渡り、何人かの客がこちらを見る。吉田恒輝はｇｉｎｂａｃｋのボーカル、今日これから歌う人、もちろん私たちにとっては憧れの存在だ。今日はライブ見てちょっとお茶して穏便に解散するつもりだったのに、予想だにしないイベントが一つ増えた。正直私は音楽が聴きたいだけでボーカルだのメンバーだのには興味が無いんだけど、ユーヤは明らかにうれしそうだ。

「楽屋って恒輝さんのほかにも誰かいるんですか？」

「メンバー全員いるみたい」

「やった、おれ特にドラムのｃａｂｕさんが好きなんです」

高校のときからｇｉｎｂａｃｋのライブデートを何回も重ねてきたユーヤは喜びすぎて興奮を隠しきれない。この状態を見て、行きたくないとは口が裂けても言えない。

「恒輝さんと友達だったの？」

「友達ってほどじゃないけど、このまえ音楽番組で一緒になったときに、連絡先交換したの。ｇｉｎｂａｃｋのライブ来たよってメールしたら、いま返信が来て〝本番前だからちょっとしか話できないかもしれないけど、お友達とご一緒にぜひ〟だって」

だりあが言い終わるか終わらないかのうちに、いかにも開催側の人間らしい、スーツを着た女性が笑顔でこちらへやってきて、

「お待ちしておりました、どうぞ中へ」

と私たちをライブハウス奥の関係者専用ドアへ導いた。だりあを先頭に中へ入ると、殺風景な細い廊下がまっすぐ奥へと続いていて、進むにつれ、舞台のセットや楽器などが廊下に増えてゆく。この奥のどこかにｇｉｎｂａｃｋのメンバーがいる。彼らに恥ずかしくないファンでいたくて、髪型が乱れていないか気になり鏡を見たくなった。後ろからついてくるユーヤとこそこそ声を交わすも、はしゃぎっぷりが抑えきれない。

あるドアの前へ着くと、スーツの女性が扉を軽くノックした。

「末次だりあさん、いらっしゃいました－」

楽屋という言葉のイメージから想像していた室内とは違い、ソファやテーブルの置いてある待合室のような雰囲気の部屋で、予想以上にたくさんの人たちが挨拶や雑談を交わしていた。

「ついてきてください。恒輝さんはこちらです」

人の合間をぬって部屋の奥へたどりつくと、恒輝さんをすぐ見つけた。いままでずっとライブやテレビで見てきた、ヘッドホンで歌声を聴いてきた恒輝さんが、誰かと笑いながら話している。いつもステージで歌っている彼が、こんなに近くにいるとは。ほかの客と軽快に話していた恒輝さんは、だりあに気づくと、自分で呼んだくせになんだか驚いた表情で私たちを出迎えた。

「おお、だりあさん久しぶり。ほんとに来たんだな。あなたがおれのライブに来るなんて意外だよ」

「友達にチケットを取ってもらったんです」だりあは私たちをぐっと前に押し出す。「長年のファンで、ファンクラブにも入ってるらしくて」

私たちがあわてて頭を下げると、恒輝さんが笑顔になり、目元に皺が寄った。ファンの女の子たちが卒倒しそうになる、彼のチャームポイントだ。歌っているときの尖った危ない男の雰囲気とのギャップがたまらないらしい。あの皺だと凝視して感動する反面、やっぱこの人も年取ったな、もちろんいまでも十分にかっこ良いけど、もうすぐ四十だもんなと頭のどこかで冷静に考えている。

「十四のときからライブ見に来てましたが、まさかこんな近くで会えるなんて、思ってもみませんでした」

ユーヤが若干涙声で話すと、喜んだ恒輝さんがユーヤと力強い握手を交わした。

「君たち席はどこ？　今日スタンディングだから後方すぎると見えづらいよ」

「えっと、このへんです」

ユーヤがふるえる手でチケットを見せると恒輝さんが覗きこむ。

「あ、これ普通に良い席だね。見にくかったら関係者席にチェンジしようかとも思ったけど、こっちの席のほうがステージに近くておもしろそうだわ」

「はい、今日も応援してます」

ユーヤが言い、私もなにか言いたかったけど思いつかずに頭だけ下げた。私たちの後ろに列ができていた。

「ライブ終わったら打ち上げくる？　おいでよ。メンバーはもちろん、友達とか音楽仲間とかほかの奴らも来てにぎやかだよ」

「私はこの後に用事があって。すみません。でもみんなは行けるんじゃない？」

恒輝さんの打ち上げという単語に心が躍ったが、だりあが来れないとなると話が違う。ユーヤも同じ気持ちだったようで、あわてて首をふる。

「いえ、私たちはここで会えただけで十分です」

「そう？　もっとゆっくり話したかったなぁ。あんまり時間なくてごめんね」

恒輝さんと最後にまた握手して、楽屋を出た。ユーヤは、帰り際に大好きなドラマーにもらったサイン入りのスティックを眺めて、感無量、だりあは私たちの感激した様子に満足そうだ。

ライブはメンバーに会ったあとだったからか、いつもよりさらに最高だった。ステージ上のｇｉｎｂａｃｋのメンバーに、いつもより親近感を持てたし、彼らの音楽は耳だけじゃなく、肌から毛穴から染み込んでくるようで、普通にさっきしゃべったばかりの人たちがこんなに大人数の観客を沸かせて、喜ばせていることに素直に感動した。デビューしてから人気に火がつくまでは結構長い時間がかかったけど、ｇｉｎｂａｃｋの曲は私が聴きはじめた頃からすでに、本物の輝きを放っていた。同じような気持ちのファンが多いのか、初期の売れてないけど心に染み入る曲のイントロが始まったときは、大歓声が起こった。

ライブが終わり外に出ると、もうすっかり夜で、ユーヤと私はだりあに改めて礼を言った。

「ライブも最高だったけど、やっぱり恒輝さんやメンバーと会えたのがすごい貴重な体験だったなー！　だりあさん、ありがとうございます」

緊張がすっかり解けたユーヤは満面の笑みだ。

「喜んでもらえて良かったです。私の方こそチケットを取っていただいて、ありがとうございました」

じゃあおれここで、とユーヤは私たちに別れを告げて、地下鉄の入り口に向けて歩き出した。どこかで休んでから帰ろうか、と言い出さなかったのは、打ち上げの話のときにだりあが「ライブの後に用事がある」と話していたのを覚えていたからだろう。

「あの、末次だりあさんですか」

待ちかまえていた女の子二人組が話しかけてきたが、だりあは笑顔で対応しつつ握手して、気づいた他の人たちが集まってこないうちに早足でライブ会場を後にした。私とだりあが明るい場所から離れて人もまばらな歩道へたどり着くと、彼女はふーっと息を吐いて、ファン対応していたときの笑顔からふてぶてしい素の表情に戻った。

「やっぱ気づかれるんだね、眼鏡かけてても」

「サングラスに替えよっかな」

「夜にサングラスかけてるなんて、かっこつけか変人だけだよ」

「分かってるけどさ」

だりあは眼鏡を外してポケットにしまう。子どものころから異様に目が良く、視力が下がらないので、彼女は眼鏡ともコンタクトレンズとも無縁の人生を生きてきた。あまりにも活字を読んでこなかったから、目が良いままなんじゃないだろうか。

「このあと用事あるんでしょ、タクシー捕まえなくていいの？」

「用事なんて無いよ、恒輝に言ったのは嘘。打ち上げ行きたくなかっただけ。恒輝って出会った女の子みんな口説くし、ファン食いがひどいって内輪では有名だから」

口が開いたまま、しばらく言葉が出てこない。

「えーっ、ウソでしょ⁉ 音楽雑誌のインタビューで〝ファンには手を出さないのがバンド内での唯一のルール〟とか言ってたよ？」

「どの口でそんなこと言えるんだろ。私があいつの連絡先を知ってたのも、明らかにソレ目的で教えられたからなんだけど。もし打ち上げに行ってたら、あんたも食われてたかもしれないよ」

「恒輝さんならちょっと興味あるかも」

「グルーピーの一人として、一晩だけの付き合いがしたいの？」

「ぜったいヤだ！」

私の叫びにだりあが笑う。恒輝さんの知りたくなかった意外な一面にはショックだけど、女遊びが激しいといわれれば、妙に納得できる雰囲気はある。

「まぁ残念だけど、カリスマの素顔なんて案外そんなもんだよね」

「憧れてる人には利用されるよ。優れた箇所がある分、あっちの方が上手なんだから。近づいて慕っても、養分にされるだけ」

何か思い出したのか、だりあの顔が一瞬きつくなる。

「さすが芸能界に身を置く人は、厳しい現実を語るね」

「まあ恒輝の場合、音楽が良いんだから、まだましかもね。今日ライブ見て、恒輝もｇｉｎｂａｃｋも見直したよ。曲もステージ演出もさすがに年季が入ってて、デビューしたてのバンドには出せないような音出してて、カッコ良かった。番組で会ったときは、手当り次第共演者を口説いたり、若いアシスタントの女の子引っかけて本番前にずっと話してたりして、良いイメージまったく無かったけどね」

「夢がこわれるから、ｇｉｎｂａｃｋの情報は、それくらいにして。ねえ私はＪＲに乗って帰るつもりだけど、だりあもこっちでいいの？」

「何言ってんの。最寄駅いっしょでしょ私たち」

「電車でいいの？　だりあだってばれて、囲まれたりしない？」

「だいじょうぶ。電車のほうがわりと気づかれないから」

だりあと夜の街を歩くのは楽しかった。彼女の高く細いヒールがアスファルトを叩く乾いた音、夜気にさらされて徐々に冷えてゆくライブの興奮で紅潮した頬、工事中の道路を囲む赤いランプ。だりあと夜に出歩くなんて何年ぶりだろう。私たちが学生でまだ実家に暮らしていたころは、クラブやバーに出かけて終電もなくなると、タクシー代がもったいなくて長い距離を二人で歩いた。いま思えば一時や二時の深夜に女二人で家まで歩くなんてかなり危ないけど、あの頃は二人でいれば本当にこわいものなんてなかった。歩いた景色は、今歩いているビルの立ち並ぶ大通りとは比べものにならない田舎道で、この時間だと人通りはもちろん、車さえあんまり通らずに、しんとしていた。私たちの都会は、バス停一つ分歩けば終わってしまうこぢんまりしたものので、いくつか電車を乗り継げば東京の大都市まで出られたけれど、なんだかすごく遠かった。

二人で夜遊びしなくなったのはいつからだろう、高校生でだりあが雑誌モデルとしてデビューして、小さな芸能事務所に入ったときは、まだ遊んでいた。私が女子大に入り、だりあが大学へは行かずに大手の芸能事務所に移ったあたりから徐々に少なくなって、彼女がさきに東京へ引っ越したのが決定的になった。

お互いの住む場所やライフスタイルがかけ離れていったから、私たちは遊ばなくなったんだろうか。私たちは共にいろんな時代を経てきた。人形遊びをする時代、小学校のジャングルジムで遊ぶ時代、女子のグループ同士で悪口を言い合う時代、クラスの男子にラブレターを書こうか迷う時代、制服のスカートの丈に凝りまくる時代、初めてセックスを知った時代。

どの時代も迎えるたびに高熱に浮かされて夢中になっているうちに自然に過ぎ去って、また新たな時代がやってきた。いま私は、どんな時代にいるんだろう。すべてが中途半端で、両方向から力を加えてむりやり伸ばしたセロハンみたいに間延びして、描かれた絵柄が歪んでどんなものかよく見えない。結婚もできず、仕事も好きではないのに辞めるつもりもないまま、時が過ぎてゆく。どこにも入学せず、なにも卒業しないで過ぎてゆく今からしたら、しょっちゅう新しいできごとに遭遇していた学生時代がまぼろしに思える。

だりあはどうなんだろう。いま、どんなときを生きている？　いまの彼女は私と違いすぎて、想像すらつかない。

「昔、チューブから家に帰るとちゅうで、ハイヒールのヒールが二人ともマンホールの穴にささったことがあったよね」

だりあも昔のことを思いだしていたのか、懐かしいクラブの名前を口に出した。

「あった、あった。二人とも酔いすぎて、なにがなんだか分からなかったよね」

「いっしょに歩いてたと思ったのに、早希がいつのまにかいなくなっててさ、ふり向いたらマンホールの上でしゃがみこんで、必死に靴を引き抜こうとしてたんだよ」

「そう、で、だりあにも手伝ってもらってようやく抜けたと思ったら次はだりあが、〝待って。私もはまった〟って」

「二人とも揃いの靴履いてたから、ヒールの直径が同じだったんだよね。酔ってるから引き抜こうとしては尻もちつくわ、ストッキングはやぶけまくるわで大変だった」

短いスカートにパンツ丸見えで地面にしゃがみ込むひどい格好で、酔っぱらい特有のげらげら笑いをしながらハイヒールを引っこ抜こうとしている昔の私たちの姿が、同じようにマンホールがあるこの路上に浮かび上がった。あの頃はもうすっかり過去だ。無理をするのも楽しかった痛々しいくらいにはじけた青春が消え去り、代わりに私たちは一体何を得たんだろう。

「あんた、あのユーヤって子が好きなんでしょ」

だりあの笑みを含んだ低い声に、思わず立ち止まる。

「さすが、するどいね。でも残念でした、もうふられ済みです」

「でもまだ好きなんでしょ」

「ううん、もう恋愛対象じゃなくて完全に友達。いまでは他の男の人とデートするたびにどんなだったか報告してるくらい。ユーヤの恋の相談も受けてる」

「へえ、あんたが男友達ねえ。めずらしいこともあるもんだね、どんな男を見ても、まずキスできるかどうかを考えてたあんたがねえ」

「ばかにしてるでしょ。私だって年を経て異性と友達の関係を築けるくらいのスキルは学んだんだから」

　電車に乗ったマスクをつけただりあは誰にも気づかれず、最寄駅にすんなり降りられた。帰宅ラッシュも終わり、通行人もまばらな住宅街の道を二人で話しながら歩いていると、急にだりあの顔が険しくなり、私の腕をつかんだ。

「今日はこっちから帰ろう」

　私を引っ張りながら家と家に挟まれた小さい路地に分け入って、ぐんぐん進んでゆく。だりあにとってはずいぶん遠回りなコースだ。突き当たりが公園の道までたどり着くと、だりあは後ろをふりむいた。だれもいない。

「どうかした？　変な人でもいた？」

　だりあがあんまり速く歩くので、立ち止まったあとも私の息は切れていた。

「いや、車が」

「怪しい車なんかあったっけ」

「ゆっくり徐行で後ろから尾《つ》けてた」

「あ、あの車か。黒い小型車だったよね」

「うん」

たしかに駅を降りたときから、ライトを消した車がゆっくりと私たちの少し後をついてきた。路上駐車する場所を探してると思っていたから、もたもたした車だな、としか感じなかった。でも改めて考えると、ついてきた距離があまりにも長いし、気づくなら気づけといわんばかりの接近の仕方も異様だ。

「さすが芸能人は目ざとく気づくね。パパラッチだったのかな。へえ、あんな風にしてスクープを狙うんだ。いっしょに歩いてるのが女の私で残念だっただろうね」

初めて遭遇する事態に若干はしゃぎ気味の私に対して、だりあはいつになく険しい表情でなにか考え込んでいた。

「どうしたの？　あ、そうか、一般人のストーカーって可能性もあるね。たぶん駅で張ってたんだろうし、家までばれたら心配だね」

「いや、ストーカーとは違う」

「そう？　熱狂的なファンで、だりあの最寄駅をようやく突き止めたのかもしれないよ。マネージャーに連絡して、迎えに来てもらったら？」

「ここまで来れば家まですぐだし、だいじょうぶ。早希は平気？」

「うん、私はもちろん平気だよ」

だりあはあっけなく別れを告げ、公園へ入っていった。反対側の出口から脱け出すのだろう。あっけに取られて後ろ姿を眺めていたら、彼女は用心深く周りを見回したあと、すごい勢いで走り出し、あっという間に見えなくなった。

「じゃ、バイバイ」

今日は土曜日、会社は休み、予定は何もない。午前中に遅く起きたらまだ眠くて、身体がまったりしてネットでどうでもいい芸能ニュースばかり眺めていたが、コーンフレークを牛乳に浸したてきとうな昼ご飯を食べたあと、「やるか……」と重い腰をあげた。

お風呂場に洗濯するための衣類を持っていき、デニムの裾をまくり上げヤンキー座りで風呂桶にかがみ込み、洗剤水に浸けた服を手でやさしくもみ洗いする。予定のない週末は洗濯や陰干しやアイロン掛けなど、衣類や靴、バッグなどの手入れをすると決めている。すべての衣類をクリーニング屋さんに任せられればいいけれど、お金の余裕もない。それに急に外出の用事が入ったとき、あの服がいまクリーニング中で無いなんて！　とクローゼットを開けて嘆き悲しむ事態もさけられる。

白シャツなどの、ぴしっと糊をきかせて着たい洋服はクリーニング店に持ち込むけど、ふわっとしたブラウスやスカート、カーディガン、セーターなんかは自分で丸洗いする。風合いはちょっと悪くなっても、手洗いした衣類はこなれてきて肌になじむし、愛着もわく。

洗剤は普通の家庭用洗剤を使うけど、柔軟剤はちょっと凝って、ドラッグストアでなくおしゃれな雑貨屋に売ってる、香りの良いものを使う。デートは接近戦だから、香水ほどあからさまじゃない柔軟剤のフローラルな香りで、清楚さと家庭的可愛さをアピール。でも最近は柔軟剤が香りすぎてクサイと言いだす男性もいたので、ドボドボ入れずに適量で。いまではお洗濯がほとんど趣味になっていて、レザー素材でもレザー用の洗剤に浸けて自分で洗う。

風呂場での洗濯は、冬場は水に濡れる素足が冷たくてかなりつらいが、夏場は涼しくて楽しいくらいだ。洗い終わって服を圧して脱水し、じゅうじゅう水の染み出る音を聞いていると、自分が妖怪あずきとぎみたいに思えてくる。妖怪手洗い洗濯ばあ、といったところか。少し寒いのもあって出てくるハナが垂れそうになり、常にすすっているのも妖怪度をアップさせている。まくり上げたデニムの裾としゃがんだポーズは若干潮干狩りっぽい。これもすべて、日々のおしゃれのためだけど、我ながらオンとオフの落差がひどい。

シャワーが胸元にかかって濡れたので、全裸になり、今度は肌着をお風呂に持ち込んで、自分の身体もいっしょに石鹸で洗った。すっぽんぽんで靴下を両手にはめて、もくもくと石鹸を泡立てていると楽しいが、やっぱりこの姿も他人には見せられない。肌着を自分の身体といっしょに洗えば、パンツや靴下やブラジャーが自分の肌の延長みたいに思えてくる。洗い終わったあとにほかほかの身体で風呂場から出てきて、鼻歌を歌いながらドライヤーで髪を乾かす。

洗濯機組をメッシュの袋に入れて、とろりとした透明の洗剤と乳白色の柔軟剤を入れて、スタートボタンを押す。柔軟剤はぜったい必要だ。服にとって洗剤はシャンプー、柔軟剤はリンス。正直柔軟剤を入れて洗ったタオルはふわふわすぎてあんまり水を吸わないので、がりがりの洗いざらしのタオルの方が好きだけど、タオルだけ差別するのも悪い気がしていっしょに洗っている。ラグや台所マットは、広い面積がまんべんなく洗えるようにじゃばら形に折ってから洗濯漕へ入れる。

次は干す作業、もちろん衣類別に干し方を変える。以前はベランダの物干し竿に干していたが、日に当たると縮んだり、外独特の臭いがついたり雨が降ってきたりとアクシデントがあるので、風呂場の浴室乾燥を三時間ほどかけっぱなしにして乾かす。

セーターはピンチやハンガーにそのまま吊るすと伸びるので百円均一ショップで買ったセーターを平らにしたまま干せるネットを使い、薄いブラウスやTシャツ、ズボンなど洗濯ばさみの跡がつくと不格好になる服はかならずハンガーにかけて乾かす。

一連の作業はまだまだ終わらない。夕飯を食べて携帯のメールの返信をしたり好きに過ごしたあと、すっかり乾いた衣類を風呂場から取り込む。普通に畳むものとアイロンがけが必要なものに分けたあとは、アイロン組をハンガーに吊るして、一枚一枚スチーマーのアイロンを当てる。いくら清潔でもしわしわのままのブラウスは着れない。耐熱性のミトンをはめた手を生地の裏側へ通し、スチームアイロンとミトンで生地を挟んでしわを伸ばしてゆく。ミトンを持ってないころは皺が取りづらくて苦労していた。このアイテムももちろん百均で買った。ブラウスはまず細かい部分から袖口、襟前、襟後ろ、表、裏と順番にかけてゆく。

全部仕上げるころにはすっかり夜も更けている。すべて終わり、お茶を飲みながら指先を見たら、水洗いでかさかさになっていた。おしゃれのためのはずなのに所帯じみてしまった。でもこの充実感は他では得られない。自分自身も洗濯してさっぱりしたような気持ち。

隆史くんは、メールの返信がほかの男性よりマメで、レスポンスも速い。さすが携帯ショップ店員、と思ったが、関係ないかもしれない。さくさくと二人の予定合わせが進んでゆき、晴れてデートの日を迎えた。お勤めのショップ近くのエクセルシオールカフェで待ち合わせた隆史くんは、予想に反して私服に着替えていて、深緑の生地に黒の縦ストライプの入ったボタンダウンシャツとカジュアルなジャケットがこなれていて素敵だった。合コンのときはスーツ姿で、そのときも薄く紫のラインが入ったシャツの襟元と仕立ての良さそうな少し光沢のあるスーツが印象に残っている。

「待った？」

「ううん、仕事が早めに終わって家に着替えに帰ってたから、いま来たところ」

「そっか、それで服がスーツじゃないんだね」

隆史くんはエスプレッソを小さいカップで飲んでいて、携帯をいじることも本を読むこともしていなかった。今日仕事どうだった？　ひさしぶりだね、いろんな会話の呼び水の言葉が頭に浮かぶけど、なんとなく言いにくくて口をつぐんでしまう。口数の少ない隆史くんは常に微笑んでいるし堂々としてる。おどけ担当の陽気な人にしゃべらせて、自分は要所だけ発言してクールな突っ込みを入れたり、かといって存在感を薄くせずにさりげなく気を遣っていた。

二次会のカラオケでは、いかにもお付き合いと場を乱さない絶妙なバランスがコレ、といった具合にぱらぱらと無難な曲を二曲だけ歌い、あとは携帯や煙草を携えて頻繁にカラオケルームから出た。彼とツーショットになりたい子が、自分もお手洗いのふりして席を立ち、二人ともなかなか戻ってこない。彼狙いの他の子がやきもきしていると、まず先に彼が、いくらかしてから女の子が戻ってくる。

だからカラオケが終わって家に帰る雰囲気になり、ツーショットがいくつかできたところで、隆史くんが私に寄ってきてごく普通にさりげなく「連絡先交換しよ」と言ってきたときは、帰り道に寄る二十四時間薬局のことばかり考えていた私はびっくりして、喜んで携帯番号を教えた。

熱湯にティーバッグを浸しているダージリンティーはまだ熱くて飲めない。周りの客のおしゃべりが苦痛になるほど、私たちの間には沈黙が続いた。

「今日、何しよっか」

勇気を出して言ってみると、隆史くんはふっと笑った。

「何したい？　なんでもいいよ」

「どうしよう、映画とか観たい？」

「いいよ。近くに映画館あるし」

「あ、でもいまから観るとなると、終わるの九時過ぎだよね。さきになにか食べた方がいいかな」

「おれは映画のあとでもいいよ。映画館に近いとこの店、探して予約しておくよ」

隆史くんが携帯を開き、お店を検索し始める。どんなものが食べたい？　とか、今日は酒飲む？　など聞かれて、ほっとしながら答える。二人で決めていく形のデートか。なにもかも予定を立ててもらうより、融通がきいて楽しいかもしれない。デートだからって意気込んで計画を立てないところに、隆史くんの余裕と慣れを感じる。対して私はデートの数はこなしているのに、逆に自分なりのマニュアルが出来上がってしまって、融通がきかない。

二人で選んだ洋画を観たあと、個室居酒屋に移動した。緊張は続いていて、メニューが頭に入ってこなくてどれを選んだらいいか分からず、あげくいつも飲まない日本酒を初めに注文して「日本酒からいくの？　とばすね」と呆れられたり、話が始まってもうまく笑顔が作れなくて鼻周辺のテカリが気になった。隆史くんは居酒屋に移動して一杯飲んだとたん、やたらこちらの顔を眺めてきた。なまじカッコ良くて身なりにはこだわってるタイプっぽいから、つい自分に不備がないかばかり気になってしまって、せっかくカッコいいのに彼をちゃんと見れたのは最初の喫茶店でだけだった。

ユーヤも似たようなタイプの男の子だけど、彼とは違うミステリアスな魅力が隆史くんを包んでいるので、軽口を叩いたり気楽に笑い合ったりできない。

「もう一杯飲む？　今度は軽いのにしておいたら」

極端に少ない会話のなかでも隆史くんはお得意の気遣いを見せてくる。それもこちらが絶対にＮＯとは言えない、ありがとうとしか返せない隙のない気遣いだ。皿をこちらに寄せてくれたり、お水を頼んでくれたり。間違っても、この鶏のなんこつおいしいから食べてみなよ、とか押し付けがましいことは言わない。

「合コンのあとのカラオケ、すごく盛り上がったね。ハイテンションでずっと歌ってくれる人がいて。すみません、名前忘れてしまったんだけど」

「ああ、あいつね。カラオケ大好きでさ、いつも誘ってくるんだよ。で、同じ曲ばっかり歌うんだよ」

「あのときは正直また二人で会えるなんて、思ってもみなかった。合コ……いやみんなで会ったときは、お互い全然しゃべらなかったから」

「最後に話したでしょ」

「うん、最後だけ。ほかの女の子のメンバーとは連絡とってるの？」

さりげなく聞いたつもりだったが、隆史くんが微笑みをたたえた瞳でこちらを見てくるから、言葉が宙に浮いて恥ずかしい。

「取るわけないでしょ。他に連絡したいなと思う女のコはいなかった。早希ちゃんだけ」

うれしい返答に、一気に顔が熱くなる。しかも、いきなり早希ちゃんて呼ばれた。名前で呼ばれてからはすっかり警戒心が解けて、こっちも隆史くん、なんて頻繁に呼びながら居酒屋の夜は更けていった。気がつけばお会計直前には二人で手を握りあって、向い合せに座ってたのが隆史くんの隣にいて肩を預けている。一回めのデートにしては、早すぎる展開だ。どこかでブレーキを踏まなくてはいけない。うちが近くにあるから酔い覚ましにちょっと寄ったら、と隆史くんは勧めてくるが、明確な返事を返せない。

「ねえ、家はこっちだよ」

「うーん、どうしようかな。まさか泊まると思ってなかったから、なんの用意もないんだよね」

「コンビニで揃うでしょ？」

「揃わないよ、使ってる化粧品とか売ってないんだもん」

暗にコンビニコスメよりはお金のかかっている肌だとほのめかしながら、夜の外気に上気した頬がさらされて、お酒に幻惑されていた気分が少しずつ素面《しらふ》へ近づいてきた。隆史くんはややだだっ子っぽく、おねだりするように私を誘ってくる。でも私には蜜の色気にふらふらついていけないほどの、死屍累々の失敗という経験が数多く存在した。直近だと不倫の紀井。彼も雰囲気作りが上手だったけど堂々の不倫温泉旅行推奨男だった。あいつとの関わりでなにが一番腹が立ったって、そういう態度を私が容認するような女だとあいつに思われていたこと。男の人に軽くみられると、本当に自分が軽くなったみたいに感じられ、確実に何かが減る。多分、自尊心とかプライドとか、人間にとって大切な部分が。

「家に誘うってことは、隆史くんの家にはだれもいないの？」

「あたりまえだよ。おれは一人暮らししてるし」

「いつでも、だれもいないの？」

「いないよ、もちろん」

「じゃあ同棲はしてないんだ」

隆史くんはようやく私の遠回しな探り入れの意味が分かったのか、ニヤリとした。

「してない。付き合ってる人もいないし」

「私みたいにときどき部屋に上げる女のコはいるけど、ってこと？」

「いないよ、疑り深いなぁ」

彼の笑みを含んだ声が白い息になって冷たい空気に広がる。彼はマフラーを巻いていた。私の好きな、黒のたっぷりした生地のマフラー。防寒をきっちりする男の人って、本人は気づいてないかもしれないけど、セクシーだ。相手の女の人に貸せるほどいくつか持っていたら、なおさら。

「じゃあ付き合ってない人でも簡単に家に呼ぼうとするのは、なんでなの？」

「なんか深い意味に取り過ぎてない？　家に近いから良かったらおいでよって言ってるだけだよ、もう遅いし、お店もどこも開いてないから。カラオケっていうのも、気分じゃないだろ」

「会ってすぐのデートで家に泊まりに行くのが普通なの？　あんまり聞いたことがないよ」

「えらく普通にこだわるんだね」

ふいに抱きしめられて彼のコートに私の身体が隠れた。華奢に見えたのに力強く抱きしめられると、骨格が大きくて男らしい。マフラーから彼の香りが降りてきて頭がくらくらする。

「ねえ、返事は？　ハイ、は？」

ハイは喉まで出かかっているけど、ついに搾り出せなかった。舞い上がってゆく気持ちとは裏腹に、このまま家に行って二人で朝を迎えたら、せっかくの幸せな気持ちも、この夢のような世界も魔法が解けてあられもない素の状態がさらけ出される予感がする。朝の光は吸血鬼の正体だけではなく、男女のあいだのまやかしの魔法も暴く。暴かれる勇気は、まだない。

「ごめんね、やっぱり。せっかくだけど、まだ……」

ゆっくり離れてゆくと、隆史くんは苦笑して黙りこんでしまった。しまった、可愛くなかっただろうか？　行かないなら行かないで、なにか適当な理由を口に出して、さっさと帰れば次のデートもあったかもしれないのに。

隆史くんの家に行けない無難な理由をあれこれ考えてるうちに、彼が口を開いた。

「まあ女のコは色々こだわりがあるよね。じゃあ今日は一人で帰るよ、無理はさせたくないし、嫌われたくないし。また会えるとうれしいな。早希ちゃんとのこと、おれは簡単には考えてないよ。だからこれからもっと、会いたい」

名残惜しそうに手を握られたけど、居酒屋のときとはまったく違う感覚に思えた。体温の熱さと手のひらの厚みが直に伝わってくる。

会社から疲れて帰ってきて家でやりたくない作業の第一位は、料理だ。子どものころ大好きだったままごと遊びは、大人になった現在、遊びでもごっこでもない。子どもだったころ、顔を真っ赤にして泣き、買って買ってと乞い、ようやく手にしたミニキッチンセット。刃先はもちろん丸い包丁、真ん中ですでにカットされて、マジックテープでくっつくようになっている、茄子やにんじんなどの野菜、軽いまな板。器具が熱くなり本物の卵が焼けてスクランブルエッグの作れるフライパンとコンロのセット、おもちゃのキッチン用具がすべてそろっている、とても豪華な組み立て式ミニキッチン。どれも本物に近ければ近いほど興奮したし、買ってほしかった。だれに言われたわけでもないのに、付属のフリルの付いた白いエプロンをつけて、にんじんのおもちゃを何度も切り、プラスチックのステーキ肉を丁寧にひっくり返して焼くまねをした。

いま私の一人暮らしの台所には、スクランブルエッグどころかどんな料理でも技術さえあれば作れる、本物のキッチン用具が整っているのだから、狂喜していいはずだ。本当に切れる包丁、本当に食べられる野菜、つまみをひねればボウと火の点くガスコンロ。夜十時半、家に着いてまずすることは、包丁を持つことではなく、電子レンジに買ってきたお弁当を入れて、「あたためる」のボタンを押すこと。おままごとセットには、もちろん電子レンジのおもちゃなんて付いてなかった。ごっこのときは、あんなに楽しかったのに。女の子ほど家事に憧れてる人種はいない。おもちゃのお菓子をおもちゃのお皿に置いて、背中にミルク飲み人形を背負っている子どものころの自分の姿を思い出す。

おままごとと同じく寝転がらせると瞼の閉じる、哺乳瓶を口に含ませるとミルクのどんどん減っていく（哺乳瓶を立てるとミルクはまた湧いてくる）ぽぽちゃん人形も、どれだけ熱心に育てたか分からない。自分がまだスプーンでご飯もろくに食べられないうちから、等身大の赤ちゃんの人形をいつも脇に連れて、寝かしつけてやり、背負ってあやした。家族ごっこにかけるとんでもない情熱、公園の地面に木の棒で、ここがリビングここがトイレここが寝室と区切り、客の奥様と化した友達を招いては世間話や新居お披露目を飽きもせずくり返した。かよわい吸引力ながらも発泡スチロールの疑似ゴミは吸い取れるおもちゃの掃除機まで持っていた。あのときはわざわざ無駄に散らかしてから、吸い取っていたのに、いまではため息一つついてからようやく腰を上げて掃除開始だ。

くたくたに疲れていても駅前の深夜まで開いているスーパーで惣菜のパックではなく、野菜や肉の食材を買ってくるのは、決して料理が好きになったわけじゃない。ある種の罪悪感が私にネギを、じゃがいもを、豚バラ肉を買わせている。おままごとのDNAが〝いままでの生活のままじゃあんまりにも悲惨だ〟と涙声で訴えてくる。子どものころにはもうもちろん結婚して子どももいると思っていた年齢で、料理の一つもできないんじゃ、せっかくクリスマスプレゼントに、誕生日プレゼントにと親に買ってもらっていた、大量のおもちゃキッチングッズが浮かばれない。同じ時期に集めていたリカちゃん、バービーの着せ替え人形の方は影響が今でも濃く残っているから、なおさら。

明日は土曜、平日のど真ん中よりは余裕がある。心身ともにふらふらだけど焼きそばくらいは作ろうと、キャベツを切るための包丁を持つと、インターホンが鳴った。すばやく時計を確認すると、十二時。こんな時間に来客なんて。このうちに来るのはたいがいヤマト運輸か佐川急便だけど、真夜中の配達はあり得ない。

もう一度チャイムが鳴り、インターホンの画面へ飛んでいった。うつむいた人物が一人映っているけど、だれか分からない。だれであっても、この時間に訪ねてくるなんて相当恐い。

「はい……？」

おそるおそる応対に出てみると、パーカーのフードを目深にかぶった人物が、インターホンのマイクに近づいた。

「だりあだよ。突然ごめん。いま、いい？」

不鮮明な画像では分からないけど、押し殺した低い声は明らかにだりあ本人のものだった。

「びっくりしたよ、こんな時間に。いま開けるね」

「ごめんね、ありがとう」

玄関口のオートロックの開ボタンを押す。自動ドアが開くとだりあが素早い動作でマンションのなかに入ってくるのが見えた。

ドアを開けると無言で入ってきただりあは、黒いパーカーに灰色のスウェットの下、首元にチェック柄の質の悪い薄いマフラーを巻きつけただけの格好で、手にはなにも持っていない。

「ついさっき、家から部屋着のまま出てきたばっかりみたいな格好だね」

「ついさっき、家から部屋着のまま出てきたばっかりなんだよ。コンビニ行って、帰ろうとしたら、家に帰れなかった」

「なにそれ。まあ入りなよ」

だりあはゴムのつっかけを脱ぎ、毛玉だらけの靴下で廊下に上がった。染めた髪もいつもならちゃんと手入れされてるのに、今日は染めすぎの銅線色に見えた。キティちゃんや豹柄グッズを未だに集めてそうな外見だ。

「なんで、帰れないわけ？　鍵をなくしたとか？」

「鍵ならあるよ、ほら」

ふくらんでいるポケットからグッチのキーホルダーをつけた鍵を出して、私の目の前でちらつかせる。

「コンビニに飲み物買いに行って戻ったら、マンションの前で人が待ち伏せしてた。気づかなかったけど、もしかしたら出てきたときからいたのかもしれない。見つからないうちに方向変えて、ここまで走ってきたの。タクシーに乗りたかったけど、カードも携帯もうちに置いてきちゃったから、小銭しかなくて」

彼女にこたつを勧めて、なにか飲み物を出そうとしたら、これがあるからいいとポケットから取り出した紙パックのフルーツ牛乳を飲み始めた。結構重量のあるものが次から次へと出てくる。でも肝心なものはなんにも入ってないらしい。

「会いたくない人が待ってたわけ？」

「ううん、多分マスコミ」

「だりあのマンションって確かすごく大きかったでしょ。もしかしたら違う人を待ってたのかもしれないじゃない」

「そうかもしれない。でも雰囲気で分かる……たぶん私だ」

滅多に見ないだりあの不安げに曇った表情に、胸がざわつきだした。携帯も持たずに、一目散に逃げ出すって一体なにをそんなに警戒しているんだろう？　そういえばこの前いっしょに帰ったときも、車に尾行されているのに気づいてから、だりあは用心に用心を重ねて急いで帰った。テレビでは深夜番組特有のから騒ぎなはしゃぎっぷりで、若手のお笑い芸人たちがしゃべり、女の子たちが笑いさざめいている。

「私、妊娠してるんだ。事務所には内緒にしてる」

は？　とつぶやいて、思わず彼女のお腹に目をやった。こたつ布団に隠れて見えないけど、そう膨らんでるようには見えない。

「妊娠って、いつ？」

「もう七ヵ月」

「えっ」

驚きすぎて言葉が出ない。妊娠の知識はほとんどないけれど、七ヵ月といえば妊娠してからかなり時間が経ってるんじゃないか。まったく気づかなかった！　だりあのお腹をまじまじと見るが、ほとんど出っぱってるようには見えない。

「臨月ってやつ？」

「臨月ではないよ、赤ちゃんがお腹で動くのが分かる状態かな」

「エアつわりじゃないの？」

懐かしい私の言葉に、だりあがぷっと吹き出した。

「違うよ、今回は本物」

高校生のころ、年上の先輩と付き合っていただりあは避妊をしててもセックスするたびに自分が妊娠してるんじゃないかと不安になって、違う高校になった私に連絡してきた。生理予定日まで、なんか吐き気がするとか身体が火照るとか立ちくらみがすると訴えかけてきては、私を困らせた。変なところで心配性なのだ。妊娠検査薬が使えるころになると、公園の公衆トイレで判定するだりあを、私はトイレのドアの外で待った。大丈夫だった、とトイレの中から声を聞く度に私は呆れて腹が立った。あのとき私は処女だったから、だからだりあを心配するというより、次のステージへ進んだだりあがちょっとうらやましかった。

「本当に妊娠してるの。妊娠検査薬も陽性だった。ずっと隠しててごめん」

だりあの言葉で一気に現在へ引き戻された。チェーンスモーカーだっただりあが煙草を吸うところを最近一度も見てないし、ｇｉｎｂａｃｋのライブでも盛り上がってきて観客どうしの押し合いへし合いが始まると、いつもはだれよりもエキサイトするだりあがずっと逃げて、そのあとライブが終わるまで外の座席で休んでいた。仕事がいそがしすぎて疲れていたのではなく、お腹に赤ちゃんがいたんだ。

「おめでとう！　どうして七ヵ月になるまで知らせてくれなかったの？　もしかしてできちゃった結婚？」

「できちゃったけど結婚はしないと思う。相手の男が自分は父親になるつもりはないって言ってる」

「それって、できちゃった結婚よりも問題じゃない？」

「まあ、そうだね」

これは思ったより複雑な事情がありそうだ。できちゃった結婚は周りにいるけど、できちゃっても結婚しないケースは、まだ周りに一人もいない。

「相手の男の人は、子どもの誕生を喜んでないのね？」

「まったく喜んでない。こんなことになるなら知らせるんじゃなかった。できたら産んでもいいって言ってたんだよ。なのに、知ったとたん手のひら返し。典型的だよね。私が甘かった」

「なに、その相手。だりあが甘いもなにも、男の方が人でなしすぎるんじゃない。付き合ってる子を妊娠させといて責任取らないなんて、最低野郎だよ」

「慰謝料と養育費は出してくれるって。そのほかお金の面では苦労させない。認知はするけど籍は入れない、いっしょに住まない。直接じゃなくて、弁護士を一人送りこまれて告げられた。実は私よりずいぶん年上で、地位もある人で、一度結婚して離婚してるし、あんまり家庭に夢を持ってないみたい」

言いようのない怒りが身体の底からわき上がってくる。だりあは淡々と話していて、彼女の執着していない態度が余計私を苛立たせる。だりあは幼いころから悲しいときや裏切られたときほど、まるで他人ごとのように話す癖がある。

「自分の子どもなのに面倒を見る気のない人でなしに、なに期待してもむだかもね。早めに見限って、お金だけちゃんともらって一人で育てたほうが子どもにとってもいいかも」

「そうするつもり。子どもには申し訳ないけどね。うちもそうだったし。母親のこと軽べツしてたけど、結局同じになっちゃった」

実は私も同じことを考えていた。シングルマザーと聞いてまっさきに思い浮かべるのは、だりあの母親だ。さびしそうに笑うだりあの顔に、もう私もだりあも長いこと会ってない彼女の母親の顔が重なって胸が苦しい。

「お母さん、きれいですてきな人だったよ。たしかにフワフワしたとこあったけど、だりあのこと大好きで、一生懸命育ててた」

「うん。同じ立場になって初めて、心細いなか気丈に頑張ってくれてたことが分かってきたよ。男にだらしなかったのは今でも許せないから、連絡は取ってないんだけどね。まあ今となっては私も、だけど。今日はてきとうにどっか泊まるわ。夜中に突然押しかけて悪かったね。おやすみ」

「ちょっと待って。てきとうに泊まるってアテはあるの?」

「マンガ喫茶とかカプセルホテルとか。ちょっとお金を貸してもらえるとありがたい」

「妊婦なのに過酷な環境に身体をさらすのはやめなよ。うちに泊まって」

「いいよ、突然だし」

だりあは断り続けていたが、布団敷くの手伝ってと私が呼びかけたら、黙って押入れから布団を出して敷き始めた。といってもうちには客用布団はなく、秋の初めから早々に出していたこたつを囲むようにして、敷布団と掛布団を敷いた。こたつ布団を二人の共通の掛布団にして寝るつもりだ。

「忙しそうにしてたくせに、いつ男の人と付き合ってたのよ。それとも、たった一回きりでできちゃったの？」

「ちゃんと付き合ってたよ。周りにばれないように相手も気を遣ってくれていたから、安全な方法で何度も会えた。付き合ってたのは、二年半くらいかな」

「だりあが売れ出したぐらいのときじゃない！　なにか目をかけてもらってたの？」

「まさか。裏でサポートするどころか、私と付き合ってることを誰一人にもばらしたくなかった感じだった。それでも子どもができれば公にするって言ってた夜もあったのに。でも今思えばそれ信じちゃう私ってバカだったな。男には騙されない自信あったのに」

「きっと相手も本当にできると思ってなかったんだよ」

「かもね」

笑いごとじゃないのになんだか笑えてきて、だりあと二人で声を忍ばせて笑う。だりあは大事そうにお腹をこたつ布団で暖めていた。

「つわりとかひどいの？」

「ううん、一番つらい時期はもう過ぎた。つわりを隠しながらの仕事はほんとキツかったけど、赤ちゃんも耐えてくれた。いまは安定期に入って、身体はラクだよ」

お風呂から上がってきただりあは、バスタオルで濡れた髪を拭きながら、こたつの前に座った。

「この風景、うちの田舎に似てる」

眠気で飛びそうになった意識が彼女の声で再びもどってくる。彼女の視線の先には、消音にしたまま点けっぱなしのテレビ画面があった。青い空に黄金色の稲の揺れる、日本の豊かな水田の風景が広がっている。

「だりあの田舎って、どこ？」

夢うつつで過去を思い出しながら訊いた。子どものとき、だりあはお盆もお正月もずっと団地にいて、帰省したという話は聞いたことがなかった。

「一回しか行ったことないけどね。父方の田舎」

完全に目が覚めた。だりあが自分の父親について話すのは、これが初めてだ。

「だりあって、お父さんいたの？」

「いるよ。じゃないと私が生まれないでしょ」

「どのお父さん？」

子どものときの彼女は、次々とお父さんが替わった。運動会、学芸会、授業参観、なにか親の参加する行事があるたびに、彼女の母親の連れてくる男は替わった。若い男のときも、年のいった男性のときもあった。どの人もかっこ良かったり渋かったりで、ほかの子のお父さんとは違う、家庭的な雰囲気をまとっていない魅力のある男の人ばかりだったから、クラスでは毎度噂になった。教室のささやき声や忍び笑いが耳に入らないはずはないのに、だりあはまるでなにも聞こえないように、いつも通りの無関心な表情で机に向かっていた。授業参観で母親と謎の男性のカップルが見守るなか、彼女は両腕をだらりと両脇に垂らしたまま、先生から問題が出されても、一度も手を挙げようとはしなかった。

「私の実の親。結局母親とは結婚しなかったけど、私は二回だけ会ったことがあった。私が小学四年生ぐらいのときに亡くなってね、葬式に出席するために初めて父の田舎に行ったの。夏休みだった」

小学四年生の夏休みを必死で思い出そうとしたが、とくに変わった記憶はない。だりあは普通に過ごしていたように思う。

「普通は愛人とその娘なんてお葬式に出席できるわけないでしょ。でも本妻のはからいとかで、私たちも呼んでもらえた。母は父が死んで悲しんでいたけど、葬式に行けるのはうれしかったみたいで、お金は無かったのに、自分と私の喪服を一張羅で揃えて出かけた。葬式会場の父の家は、父の所有する土地が周りに広がるとても大きなお屋敷でね、私は父のことをよく知らなかったけど、けっこう由緒あるうちなんだって、見てすぐ分かった」

「へえ、お金持ちの家だったんだ」

意外な話に、思わず声が出た。幼少時代の末次家にお金がある印象はない。いや、子どものころは気づかなかったけど、相応の援助はあったのかもしれない。家のなかは荒れて粗末だったけど、だりあの洋服はいつも可愛かったし、彼女の母親も夜の仕事はしていただろうがあんまり真面目に働いてるように見えなかったのに、うちと同じ団地に住んでいた。

子どものころは友達の家庭の事情なんて、まったく気にならなかった。人間の価値はその人間そのものだけで、周りの環境とか経済状況とかどうでもよかった。だからそんな話ばかりしている大人たちを見て、噂話ばかりしているなぁと呆れたものだ。でも今では本人の素質だけでなく、置かれた身の上も本人の評価に関わってくるのをいやというほど理解できる。

「本妻は私たちを家に上げてくれたけど、ものすごく冷たくて居心地が悪かった。お棺のなかの父に近寄れる雰囲気じゃなくて、母親といっしょにずっとうつむいて正座してた。ほんと、なんで呼んだのかな。私たちを許す気なんか無かったくせに」

「呼んだときは善意だったのかもしれないよ。でも実際に実物を目の前にしたら、憎らしいっていうか、動揺しちゃったのかもしれない。だってそれまでなんの交流も無かったんでしょう」

「本妻の人の気持ちは未だに分からないけど、あの人が自分の子どもに私たちのことをなにも話してないのだけは分かった。私たちなんてまるで目に入ってない本妻の子どもたちは、お棺に取りすがって泣いてた。ああ私の父さんはきっと良い父親としてこの人たちとは長い年月を過ごしたんだ、って思ったら苦しくなって、お腹が痛いふりして家から飛び出した。二回しか会ったことないけど、とても優しい笑顔で私を抱きしめてくれた父の顔を思い出して、すごく切なかったし、すごくくやしかった」

半分眠りかけた頭で、黒い喪服を着た幼いころのだりあが、暗い表情で田舎の屋敷から出てくる情景を想像する。

「私は田舎なんて行ったことがなかったから、きれいな水の張った田んぼや、どこまでもまっすぐ続く田んぼと田んぼの間の一本道や、なんの手入れもされてない雑木林なんかを初めて見たの。夏なのに空気が澄んでて、風もさわやかだった。歩きながら思い出してたのは、母方の祖父の葬式。あれはほんとひどい葬式だった。お金が無かったんだろうね、葬式会場かどうかも分からない、なにもない殺風景な一室で、ほんの少しだけ参列客が来てた。驚いたのはおじいちゃんの死をほんとに悲しんでた人間が一人もいなかったこと。うちの親戚にはモラルが無いんだなぁって情けなくなった。お父さんの葬式とはえらい違いだったよ。葬式のあとの食事会では飲み過ぎた酒乱の親戚どうしがけんかし始めたし」

葬式のあとの食事会ではめを外す人。たしかにそんな大人にいままで私は会ったことがない。

「田んぼ道を歩きながら、私は絶対にちゃんと生きて成功しようって決心した。人望もお金もあって、死んだら皆が泣いて惜しむような人間になろうって。父の血を継いでるんだから、できるって思った。あのときの想いを糧にして、いままで頑張ってきたの。がむしゃらにやってきた結果、仕事ではなんとか有名になれたけど、生まれてくる子どもに迷惑をかける結果になっちゃった。せめてちゃんと産んで、ちゃんと育てていきたい。この子を苦労させないためなら、どんな仕事だってがんばれる」

「子どものこと、事務所にはいつ打ち明けるの?」

「うちの事務所はタレントの勝手な行動を厳重に禁じてるから、子どものことを言えばすぐにでも辞めさせられるかもしれない。私、いま生理用品とお酒のＣＭに出てるから、その契約が切れるころに言おうかとも思う。たぶん言ったら怒られるだけじゃ済まないけど。ぎりぎりまで内緒にしておく」

だりあの所属している芸能事務所は大手とはいえど、けっこう乱暴な売り方をされている二流や三流のタレントがたくさん所属している。一度だりあのマネージャーだという人に会ったこともあるが、堅気の人とは思えない坊主頭に日焼けした肌、ガリガリで薄く光沢のあるスーツに派手な柄ネクタイを締めていて、挨拶するのも恐かった思い出がある。たしかにあの人がマネージャーの事務所なら、せっかく売り出してきただりあが父親のいない子を妊娠するというイメージの下がる出来事をやらかした場合、辞めさせるとか禊《みそぎ》と称してヌード写真集を出させるとか、きびしい扱いをしてきそうなのは想像できた。

「早希は最近どうなの？　ユーヤくんとはうまくいってるの？」

「だからあいつは彼氏じゃないって」

「ふうん。まあ相手がどんな男でもさ、猫かぶって接してても、いつかばれるんだからしょうがない。早希の良さを知ってもらうために、早希がほんとうに得意なことをアピールしたらいいよ」

「得意なこと？」

プロフィールに趣味・特技の欄があるといつも悩む私は、眉間にしわを寄せた。

「なんだろ。……おうちでクリーニング？」

だりあが吹き出す。

「なにそれ」

「家でなんでも洗濯するの。服に合ったやり方で、ダメージを最小限に抑えつつ、かつ清潔にするの。バッグや靴も洗っちゃう」

「洗濯なんて洗濯機がやってくれるのに、得意不得意なんてあるの？」

「分かってないなぁ、衣類の生地によってどう洗うかで服の寿命の長さが変わるんだよ。私、服が好きだから気に入って買ったものはなるべくきれいな状態で長く着たいんだ。全部クリーニングに出せればいいんだけど高額になっちゃうから、なるべく家で手洗いしてる。ドライマークがついてる服でも丁寧に洗えば大丈夫。洗うまえに生地を傷ませないように気をつけながら染み抜きをして、白いシャツは蛍光剤入りの洗剤を使って、セーターは洗剤水につけて押しながら洗って、浴衣もお風呂で畳んだ形を崩さないようにしながら洗う。干すときも伸びたり縮んだりしないように工夫してる」

だりあは声を出して笑った。

「早希は子どものころから服大好きだったもんね。あのころは洗濯が趣味ではなかったけど。いい特技じゃない。早希に合う人なら、きっとその特技の良さを分かってくれると思うよ」


代官山のカフェで、コーヒーとクロックムッシュを食べながら待っていたら、到着したユーヤがいつもの潑剌とした出会い頭の笑顔を浮かべることなく、伏し目がちで席についた。あきらかにオーラが暗い。

「ひさしぶり。注文何にする？　このクロックムッシュ、食パンが厚切りでちゃんと焼き目のついたハムととろけてるチーズがおいしいよ。先食べちゃっててごめんね、昼ご飯まだだったから」

「おれはコーヒーだけでいい」

外で会うと必ず食べ物を頼むユーヤが今日はメニューも見ず、ウェイトレスにオーダーを通したあと、ぼんやり窓の外を眺めて、道を行き交う人々を見ている。

「元気ないね」

「元気でねぇわ。バイトのときはいつもどおりちゃんとやってるけど、プライベートになると、一気にふぬけになる」

　あまり寝ていないのか目の下に隈のできたユーヤは顔色が悪く、良いものを食べてないのか風呂に入ってないのか、すえた臭いまでした。身だしなみには女子並みに気をつけるユーヤが清潔感を失くすなんて、非常事態だ。

「なにがあったらそこまで落ち込めるの？　あ。澄ちゃんのこと？」

「そう。一ヵ月前にやっとデートに行けて、澄の見たがってたフィンランドのテキスタイル展を見に行ったあと、帰り道の公園で告白した。結論から言うと、ふられた」

　かける言葉もない。ユーヤは捨て鉢な瞳で、斜め下の何も無い場所を見つめている。

「残念だったね……。言いたくなければいいんだけど、具体的になんて言われたの？」

「おれのことは気になるし好きになれそうだし付き合ってみたい気持ちもあるんだけど、学校も行ってないのに就職もせずバイトと旅ばかりしてフラフラしている姿に不安を感じる、って言われた。ここまで単刀直入じゃないけど、公園のベンチに座って長い時間をかけて聞きだした澄の言葉をまとめると、そんな感じ」

「そっか、澄ちゃん……。なんか、ちゃんとした女の子なんだね」

「話の最後に涙目になりながら〝ユーヤくんが私の気になるところを直してくれたら、私はいつでもあなたと付き合いたいよ〟って言ってきた。そう言われても、簡単に〝はい、そうですか〟とは解決できないよな」

「それふられてないよ。澄ちゃんはユーヤがしっかりしてたら、いますぐにでも付き合いたいんだよ。かなり真剣に二人の未来を考えてるってことじゃない？　好きな人にそこまで言われたんなら望みを叶えてやるって頑張ればいいじゃないの」

「頑張ってるよ。でも面接すら受けさせてもらえない。履歴書で落ちる」

ユーヤは鞄から付箋のたくさんついた求職誌とファイルを取りだしてテーブルの上に置いた。透明のファイルにはまじめくさった顔つきで真正面をにらんでいるユーヤの証明写真を貼った履歴書が何通か入っている。

「バイトの合間をぬって就活できたらって考えてたけど、スタート地点にも立てない。来週から行こうと思ってたタイ旅行ももちろんキャンセルした。アパレル店員には受かる自信があるけど、まずは二ヵ月バイト研修からって店が多いからなぁ」

「いま雇ってもらってるところで、正社員に昇格するチャンスはないの？　ユーヤは売り上げが良くて、わりとカリスマ店員なんでしょ」

「長期の旅行に行くつもりでいたから、短期契約しかしてないんだ。店を転々とせずに同じところで働き続けていれば、いまごろ社員になってたかもしれないけど、色んなブランドが見たくて店を渡り歩いたせいで、頼れるツテも望みもない」

生活状況は変わっていないはずなのに、ユーヤは別人かと思うくらい落ち込んでいる。威勢よく私に〝イヤなら仕事辞めれば？〟と言っていたころとは大違いだ。

「ようやくユーヤも知ったか、社会の厳しさを」

「おれ、外国ではどんなに金がなくても、ひどい環境でも、自分ひとりの力で乗り越えて旅を続けられた。だからサバイバルスキルには自信あったし、なんだかんだで仕事もすぐ見つかったし、貯金もある。いまも従来の自分以上の給料も肩書きも特に必要だとは思わない。でも澄は気にするんだな。よく考えてみれば当たり前のはずなのに、自信過剰すぎた。いざ澄の求める世界で勝負したら負け続けてる」

ユーヤは根拠のない自信と潑剌さが魅力でもあるから、厳しい現実にしおれてしまうのは残念だ。でも彼にとってのターニングポイントをいま迎えているのかもしれない。

「始めたばかりで就活がうまくいくわけない。どこかに受かるまでは心が折れそうになっても履歴書を送り続けなきゃ。いったいどんな会社に就職しようと思ってるの？」

求職誌の付箋のついたページを開けると、赤いペンでマークしてある会社は職種がまちまちで、事務だったり営業だったりプランナーだったり飲食系だったりした。

「なにこれ、まったく一貫性がない。いったいどういう基準で選んでるの」

「いろいろ。職務内容だったり給料だったり、会社の規模とかで選んでる。あとは会社紹介やPR欄を読んだときのインスピレーションを大切にしてる」

「だめだめ、こんな選び方じゃ。ユーヤはぜったいに接客業！　履歴書の写真もこんな硬い表情じゃなく、もっと親しみやすくて写りの良いものに替えて。ユーヤは自分の持ち味が全然分かってないよ。私が客として初めてユーヤの店に行ったとき、ほんとに感じが良かったよ。

　普通は異性の店員なんて寄ってきたらショッピングに集中できないから私は嫌なんだけど、ユーヤは良い意味で女同士みたいに気楽に話が弾んだ。簡単に見えて、だれにでもできることじゃない。アパレル関係には受かる自信があるなら、研修でもなんでもいいから参加してきなさいよ。顔もかっこいいと思ってるナルシストなんだから、いつも通り自信満々で面接を受けたら、いっきに社員に昇格できるかもしれないよ。いろんなブランドの店舗で経験積んでるのも強みになるだろうし」

「ナルシストは余計だ」

私の言葉を聞くうちに段々とユーヤの顔は生気を取り戻して、以前どおりの飄々とした態度にちょっとずつ回復していった。ユーヤは結局私と同じようにクロックムッシュを食べて、今日初めての食事だ、と呟いた。

「ありがとな、なんかちょっと元気でたわ。早希の言うとおり、アパレルの接客に絞って職探ししてみる」

「そうしなよ。あせりすぎずに色んな会社を回ってみたら、きっと良いところが見つかるはず。都内にはまだまだたくさん仕事があふれてる」

「りょうかい。なあ、おれの接客ってそんなによかった？　カリスマのオーラが全身からでてた？」

貪欲にほめ言葉を求めてくるユーヤに、もう調子に乗ってると呆れつつも、元気のもどった笑顔がうれしい。

隆史くんから〝会社帰りに会える日ない？〟とメールが来ていた。来週の水曜日か金曜日なら大丈夫だよと返信する。

「隆史くんと次に会うとき着る服を決めよっと」

クローゼットを開き、街歩き用と決めていたアンゴラのふわふわニットワンピースを取り出すが、ぶりっこすぎて着る気になれない。隆史くんはさりげなくおしゃれだから、いかにもなモテ服だと舞い上がっている気持ちを見抜かれてしまいそうだ。

「いいじゃない、見抜かれても。実際付き合いたいんだから」

迷った末、別のシンプルなワンピースを頭からかぶった。

出かける前の化粧をお湯洗顔して化粧水と乳液を染みこませたあとの顔に施していると分かるが、私はつくづく目鼻立ちが地味だ。多分ぶすではない、鼻が低いってわけでも頬骨が高すぎるわけでも、顎の骨が前へ出ているわけでもエラが張っているわけでもない。輪郭はきれいな卵形で首はすっきり細くて長いし、おでこも広すぎず狭すぎず丸い生え際が女らしくて、前髪アリでもナシでもいける。

でも奥二重の目が理想よりずいぶん小さい。アイラインとアイシャドウとまつ毛エクステで盛って、なんとか存在感のある目に仕立て上げる。鏡の自分をチェックすると、表情があまり冴えない。デートに誘われたのはうれしいけど、隆史くんの帰り際の行動と言葉が、ちょっと胸に引っかかっている。

彼は私を家に誘ったけど、もし行ってたらどうなってたんだろう？　あと彼は去り際に「女のコだから色々こだわりがあって泊まれないんだろう」と納得していたけど、私は男とか女とか関係が無いと思う。微妙な年頃の私が年上のかっこ良い男の人に「女のコ」と言われてうれしくないわけはないのだけど、うまく納得できない。

「オレンジシャーベット」

「チョコミントください」

仕事帰りの彼と合流して渋谷のファッションビルの一画にあるジェラートショップに寄ると、真冬の寒さをものともせずジェラートを食べたい人たちで混んでいた。きれいな四角錐に整えられたジェラートを手にした私たちは、イートインのための簡素な白いテーブルセットに座った。通路に面した席で、地下鉄と直結した地下街に降りる会社帰りの人や、化粧品や洋服をショッピングしている人たちなんかが、足早に隣を通り過ぎてゆく。一応模造の葉が巻きついた柵が私たちの席と通路を区切っているのだけど、あわただしさは十分伝わってくる、落ち着けない席。といっても店内は混んでいて、座れる席を見つけられただけでもラッキーだ。

席についてようやく、隆史くんはマスクを取った。待ち合わせのときからマスクをつけていた彼は、目だけをきょろっと動かして私を見るから、いつにも増して表情が見えず、お医者さんと話しているみたいで緊張したから、取ってくれて良かった。マフラーもいっしょに外した彼はまずジェラートの一番先の、とんがりが溶けて本体に丸くくっついてる部分に唇をつけた。オレンジ色の冷たいアイスが彼の唇の熱で溶けてゆく。急に隆史くんの顔が照れくさそうにゆがんだ。

「なんで見てるの。早希ちゃんも食べたら」

へえ、隆史くんて照れたらこんな顔になるんだ、はにかんだ子どもみたい。新鮮な反応にうれしくなって、口元に笑いを広げたままジェラートを食べる彼を見つめ続けていたら、軽く頭をこづかれた。

「見んなって。ただでさえ、男がアイス食ってる姿なんて、ちょっと見せたくないんだから」

「だっておいしそうに食べてるんだもん、見てて飽きない」

指に冷たいものが滴って、手元に視線を移すと、溶けかけた私のチョコミントのジェラートがコーンから垂れていて、あわてて舌でなめとる。

「ほら、早く食べないからそうなるんだろ。おれみたいに急いで食べなきゃ」

「気をつける。隆史くんは今日お仕事どうだった？」

「ん、順調に進んだよ。新機種が出て、それ目当ての客が結構たくさん来たけど、いそがしいなりに手際よくさばけたかな。昼飯を食べる暇がなかったけど」

「そんなにいそがしかったんだ、おつかれさま。じゃあお腹空いてるでしょ」

「うん。これから早希ちゃんとメシが食えると思うと、すごくうれしい。今日はおれ、焼肉が食べたいんだけどいいかな」

「もちろん！　私もひさびさに食べたい」

笑顔でうなずき、溶けかけのジェラートと湿ったコーンを、難しいけどできるだけ上品にたいらげてゆく。

「早希ちゃんて予定のない休みの日は、どんなことやってるの？」

だりあとの会話が頭のなかによみがえる。

「洗濯が趣味だから、洋服を手洗いしてることが多いかな。洗ったらきれいに干したり、アイロン当てたり。ぜんぜん苦じゃないの、いつも楽しんでやってる」

「クリーニングのほうがきれいに仕上がるでしょ。おれは週末に服はほとんどクリーニング屋に持っていくよ。洗濯のほかは、何してるの？」

「何もしてない。一日かかるから」

「休みの日に、洗濯だけ？　平日の間に、ずいぶんたくさんためてるんだね」

不思議そうな隆史くんの顔を見て、言わなきゃよかったと後悔した。

焼肉を食べ終わり、夜九時を回ると、家に寄っていったらと勧められた。ちょっと戸惑うふりをしたけど、ほんとは今日はついていくって決めてた。もしかしたら深読みしすぎたかもしれない、大切な話は彼の部屋で深夜に始まるものかもしれない。隆史くんの部屋はマンション五階の角部屋の２ＤＫ。一人暮らしにしてはずいぶん広い間取りだけど、中に入れば家賃が普通より安い理由が分かる。環七に面していて、自家用車やらトラックやらが行き交う度にゴオッと音が響き渡る。ただ道路に面している側の窓は防音仕様で、部屋のなかが会話が聞こえないほどうるさいなんてことはなく、暖房をつければ音が微妙にまぎれてしまうくらいではあるし、振動も伝わってこない。道路と反対の窓を開けても、車の音が聞こえてくるのはちょっとどうかと思うけど、隆史くんはその都会の片隅にあるという形容がぴったりの部屋によく似合っていた。

「かっこいい部屋だね、シンプルで」

「そう？　よくなにもない部屋だねって言われるよ」

「余計なものがない分、居心地が良さそうな部屋だよ」

全体的にきれいだったが、特に寝室のベッドが清潔そうな水色のベッドカバーできちんと整えられていて、なんかこいつスタンバってないかと恐れの目を向けた。いけないいけない、考えすぎだ。

買ってきた缶のお酒とチーズのつまみを飲んだり食べたりするより先に、隆史くんの態度が外と微妙に違ってきて、ちょっととろんとした瞳になった顔が近づいてきて、キスされる。

付き合うって言葉もないままに、押し流されてゆく。後悔の念におそわれても、もう遅い。もしかして、なんて期待してのこのこやってきた私が馬鹿だった。私なんて、全然、大切にされてないんだ。おしゃれな洋服でできるかぎり可愛くラッピングしても、ほらもう、脱がされてるし。身体の熱がどんどん奪われてるのは、ワンピースを脱がされたからじゃない。

隆史くんは出会ったときの合コンと同じようにシステマティックな手順を踏んで、私の首筋に軽くくちづけして、スマートにインナーに手をつっこんでくる。いったいこのベッドではいくつのブラのホックが外されて、どれだけの女のコの胸が締め付けから解放されて自由になったのだろう。まるでベルトコンベアーに載せられた私の部品を、彼が一つ一つネジをゆるめて解体してるみたい。

太ももを撫でまわす彼の手は、初めて素肌に触れたというのになんの感動もなく、実に洗練された動きでまさぐっている。スマートな手順かもしれないが、スマートだろうが緊張でふるえていようが、女の下半身をまさぐっているのには変わらない。どれだけ見せかけがよくても、結局することは同じだ。

「ちょっと待って。いや、ほんとに待ってってば」

私が隆史くんの手を掴んでわざわざどけると、彼はむっとした顔になった。初めて彼の人間らしい温度に触れた。

「どうしたの」

「なんかスムーズにここまで来すぎてて、逆に不安になっちゃった。私たち二人の関係なんだから、ちょっとは私のペースも考えてほしいな」

「ペースって、ベッドインまでのペースのこと？」

私がうなずくと、プライドが傷つけられた隆史くんは頰をさっと紅潮させたが、すぐに口元にゆるい笑みを浮かべると、ベッドから立ち上がった。

「いやなら無理にするつもりはないから、だいじょうぶだよ。女のコっていろんなこと気にするしね」

女のコだからじゃない、人間だからだ。中途でやめたオレ、がっついてなくていいでしょ、といった態度の隆史くんを、呆然と見上げた。

どうして私ってこうなんだろう！　紀井さんのときといい、私のこと本当に好きじゃない人ばかりと付き合おうとする。せめて身体目当てでもいいから少しぐらい下心は隠してほしいのに、二人とももちろん分かってるでしょ、といった不遜な態度を早めに出してくる。初めは紳士的な人だと思って好印象なのに。まるで男を見抜けてない。私への愛情を胸の中で一つも育ててなさそうな、カッコつけばっかりに、のこのことついていって。

できるだけ隆史くんの家から早く離れたくて、ストラップ付きのバレエシューズで早歩きしていると、涙がにじんできて、鼻をひくひくさせて流れそうになるのを抑えた。泣く理由なんか無い、私はうまく切り抜けてきたのだ。正直、少しも怖くなかったし、唇をうばわれたのがショックなんて気持ちは一切ない。最後の最後でようやく、隆史くんが私を好きではないと彼の手の温度で分かったせいで、傷ついている。私、ちょっと好きだったんだ、彼のこと。

とは言っても、すごくすごく好きだったわけじゃない。本物の失恋は本物の恋愛のあとにしかやって来ない、と経験上よく分かっている。相手が私を好きで、私も相手を好きで、それなのにうまくいかなくて別れるしかない恋愛の方が、もっと心切り裂かれるものだ。肉体関係のあるなしにかかわらず、初めから心の通っていない恋愛なんて、すぐ近くを走り抜け胆を冷やしたが、結局かすりもしなかった車に轢かれそうになった体験みたいなものだ。恐ろしい、嫌な気持ちになっても割合早く忘れて、以前のままの自分でまた前を向ける。

隆史くんの前では気取ってちょっとしか食べなかったせいで、お腹が減ってきて、深夜のコンビニは明るくて意外に人がいて、用が無くてもついふらりと立ち寄ってしまう。コンビニに癒やされるなんて、現代人ならではだなと思う。

夜食を焼きうどんに決め、明日の朝食べる袋入りのパンを物色していると携帯にメールが入り、いまごろ遅いと隆史くんの顔を思い浮かべて切なくなりながら差出人を見たら、だりあで、がっかりした。

『週刊誌にすっぱ抜かれた。いま、また引っ越ししてる』

パンコーナーからきびすを返して雑誌コーナーへ直行した。素早い目の動きで週刊誌の見出しを追い、隠れて見えない雑誌はわざわざ取り出して一つずつ確認すると、ある週刊誌にだりあの名前が躍っている。引っこ抜いて記事を読むと、だりあの妊娠はもちろん、相手とは結婚する予定のないことや産院に通う姿を収めた写真まで載っていた。

だりあが移ったマンションは麻布十番にあった。事務所は怒っているはずなのにまだだりあに贅沢させてあげてるんだな、と思いながら訪ねたところ、なんの変哲もない質素な賃貸マンションだった。防犯設備といえば玄関のオートロックくらいで、部屋番号を入力して呼び出すと、中からだりあが操作して自動ドアが開いた。

彼女の部屋は四階の日当たりの悪い場所にあり、出迎えただりあはさすがに元気はなく、目の下にうっすら隈を作っている。しんどそうで顔はむくみ、目には力がなく、ほっぺたや喉元は張りを失っていて、なによりも以前とまるで違うのはお腹。ゆったりしたマタニティウエアのワンピースを着ていても分かるほど、お腹のラインが張り出して大胆なカーブを描いていた。私の顔を見ると、ほっとした表情になり、化粧してないそばかすの浮いた顔で微笑んだ。

「来てくれてありがと。まあ、上がってよ」

靴を三足置けばいっぱいになってしまう小狭いたたきで靴を脱ぎ中へ入ると、二口のガスコンロが置いてあるキッチンと小さな冷蔵庫があり、一つだけの部屋は私の住んでる部屋よりも小さく、なにも置いてなかった。単身型のウィークリーマンションだってこの部屋よりは殺風景じゃない。

「ここ、だりあの部屋のクローゼットルームより狭いんじゃない？」

「もちろんそうだよ。身一つで移ってきたばっかりだから家具もないしね。布団だけは事務所が用意してくれて助かった。事務所が前から賃貸契約してて、荷物置き場として使ってたみたい。まあこの場所はマスコミにばれてないだけで、十分ありがたいよ。暖房も入るし、ゆっくり眠れるし」

「でも妊婦にこの部屋って……」

やっぱり事務所は怒っている、と昼間でも電気をつけなきゃ薄暗くて見えないこの部屋に通されてよく分かった。見放す予定かもしれない、いままでのだりあへの対応とえらい違いだ。

ラデュレで買ったバラの花弁とフランボワーズを飾ったピンクのケーキを渡すと、おいしそうに食べた。体調は悪そうだけど、あんまり悩んでる様子はない。

「意外と元気そうだね」

「うん。いろいろ大変なことになっちゃいつつも、もうすぐ生まれる子に会えるのがうれしいんだ。ようやく私のお腹を内側から蹴ってた子の顔が見れる。この手に抱ける。こんなにワクワクすることってない」

「のんきなもんだね。記事読んだよ。かなり大々的に報道されちゃったね」

「ずっとうまく隠せてたんだけど、仕事を休む直前、スタイリストにお腹のふくらみに気づかれたの。そりゃそうだよね、あの人たちはいつも私の身体のサイズをよく知っていて、合う服を用意してくれてたんだもん。すぐ呼び出されて、白状させられた。この稼ぎどきにお前はタレントとしての自覚はあるのか、って激怒されて、脅されて、仕事入れてもらえなくなった。

甘いね私って、まだ事務所に守ってもらえると思ってたなんて。話し合いの途中で見たこともない人間が出てきて、すごく怖かった。でもとりあえず話をつけるのは赤ん坊が生まれてからだってことになったから、出産には協力してくれるみたい。マスコミにばれて通ってた産院には行けなくなったから、新しい産院も探してくれてる」

「受け入れ先の病院もまだ決まってないの？　もうこんな大きなお腹なのに」

「正直いつ陣痛が来てもおかしくない時期なんだ。陣痛が来たらまず事務所に連絡して、車を手配してもらうことになってる。もういっそこの部屋で産んじゃいたいくらい」

「絶対やめて。私は出産の介添えなんてできないからね！」

「冗談だよ。産気づくまではまだ日にちはあるって前回の診察で言われたから、まあそれまでには見つかると思う」

身ごもってない私でさえはらはらする状況なのに、だりあは意外と冷静で落ち着いている。くたびれてはいるが、心なしか表情もいつもよりやわらかい。テレビで見せていたぎらついた眼光は影をひそめて、大きいお腹でゆったりと動いている。

「ソファもなくて床に座ってたらお腹が苦しいでしょう」

「ううん、ざぶとんがあるから平気」

「見たところほとんど物がないけど、だりあの荷物はあとから届くの？」

壁に備えつけのクローゼットの扉を開けると、だりあのきらびやかな衣装たちはそこにはなく、うす汚れたトミーヒルフィガーのボストンバッグが一つ足元に転がっていた。

「引っ越しが急すぎて、自分の荷物はバッグ一つ分しか持ってこれなかった。もちろん子どもの紙おむつや哺乳瓶の用意もしてない」

ネットが日常のツールになってからは国民全員がパパラッチだ。芸能人を見つけたら目撃談を掲示板に書き込み、隠し撮りした写真をアップする。買い物している姿が見つかってはまずい。

「私が買ってくるよ。産後に必要なもの教えて」

だりあのメモを頼りに、出産になんの知識もないままドラッグストアに行って、店員さんにあれこれ聞きながら買いそろえて、ふくらんだ買い物袋を両手に下げてまたマンションへもどってきた。

「すみません、ちょっといいですか」

もうすぐマンションの入り口、というところで声をかけられた。ふりむくと中年女性が微笑みながら立っている。

「はい」

道でも訊かれるのかなと身体を彼女のほうへ向けたら、ぐいと相手が笑みを浮かべたままの顔を近づけてきた。

「だりあさん、もうすぐご出産ですよね。旦那さんはどなたかご存知ですか」

記者だ。あわてて表情を取り繕おうとしたが遅く、女性はやんわり私の腕をつかんで動けないようにした。

「あなた、だりあさんのお友達ですよね。出産までのお手伝いをしてほしいって言われて、このマンションへやってきたんですか？」

「よく分かりません、おっしゃってる意味が。放してください」

意外にもすぐに手は放されて、女性は初めの笑顔をくずさず、視線だけ下げて私の買い物袋から覗くおむつのパッケージを眺めていた。鳥肌が立ち、反射的に後ろへ一歩退く。

「隠される必要なんてないじゃないですか。赤ちゃんが生まれるなんておめでたいことです。私たちにも祝わせてください、喜びのインタビューを取らせてください」

塀の後ろからこちらを窺っている男の顔が一瞬覗いた。複数で張って、だりあがマンションから出てくるのを狙ってるんだ。

「ほんとになにを言ってるのかよく分かりません。私はもう帰りますから、マンションには入ってこないでくださいね。あなたは住人ではないですよね、もし入って来たら不法侵入で警察に通報しますから」

いっしょに入ってこないように後ろをふりむきながらマンションの中へ入り、エントランスの自動ドアをだりあに開けてもらったあとも、ドアが閉まるまで見張った。女性は中には入ろうとせずにただずっとこっちを見つめていた。だまってればほうれい線の目立つ人の良さそうなおばさんにしか見えないところが恐ろしい。

「だりあ、ここ記者にばれてるよ。ついさっきエントランス前で記者っぽい人に話しかけられた」

私を出迎えただりあの顔色が変わり、ふたたび険しい戦闘態勢の顔つきになる。

「何人いた？　一人？」

「私が見たところでは、たぶん二人かな。正確な人数は分からないけど、二人以外に人影も見なかったし、マンション前には一台しか車は停まってなかった。なにを言ってるのか分からない、ってとぼけてみたけど、あっちはだりあがここに住んでること、確信してるみたいだった」

この部屋に閉じ込められたみたいで、急に怖くなった。彼らはスクープをとるためならこの場を朝も昼も夜もずっと動かないだろう。だりあが一歩外に出ればとんでもない速度で近づいてきて、写真に収め、質問攻めにするだろう。

「どうしよう、どうする？　事務所に相談してみたら？」

だりあは爪をかみ険しい表情で考えていたが、顔を上げた。

「事務所もこの状況では打つ手がないよ。なんとかこのマンションを抜け出してから、助けを求めないと。決めた。自転車置き場の塀をよじ登って外に出る。塀の向こうには駐車場があるから、車の陰に隠れながら見つからないように逃げる」

「だめ、だめ。臨月のくせに塀なんかよじ登っちゃ危なすぎる。どんな塀か知らないけど、けっこう高いんでしょ？」

「自転車のサドルを足場にすれば、いけると思う」

私は勢いよく首をふった。

「自転車が倒れて転げたらどうするの。私が支えたとしても危ないよ。塀を乗り越える案はもう忘れて。だりあ一人だけじゃなくて、私もいるんだから、二人で協力しあえるやり方にしようよ」

「それって早希の肩を借りて私が塀によじ登るとか？」

「塀は忘れてって言ったでしょ。なにか他に良い方法があるはず、あるはず……。そうだ」

クローゼットへ飛んでゆき、中に入っていたボストンバッグを引きずり出し、中を開ける。案の定キャスケットやサングラスやマスクや黒いショールといった、だりあの顔バレ防止グッズが入っていた。順に身に着けてゆき、キャスケットには自分の髪の毛を押し込んで隠す。

「早希が私になるってこと？」

「そう。あとは私がいまだりあの着てるマタニティウェアを着れば完璧」

マスク越しのくぐもった私の声を聞き、だりあは嬉しそうな顔になったが、すぐに不安げな情けない表情になった。

「でもそれじゃ、気づかれると思う。早希は私より背が小さいし、お腹も出てない」

「なんとかなるはず。やってみよう」

だりあの持ってきた靴は妊婦らしくすべてぺたんこで、私もいつもは無理してハイヒールを履いてるくせに今日は気を抜いてスニーカーだったので、だりあの背丈には足りない。でもだりあの着ているマタニティワンピースがちょうど足首までの長さで、私が着てみると裾が床についたから、靴の部分は隠せそうだった。私のブラウスとゴムを抜いた短めのスカートを代わりに着ただりあといっしょに、私の靴をカスタマイズすることにした。

ミニタオルを中に押し込み上に足をのせてみたけど高さが足りず、ミニタオルは中に入れたままにして、なんとか高さの出るものをと探した結果、トイレットペーパーを平たくつぶして靴の上に載せて、だりあ用にと買ってきた大きめのパンティを靴にはかせ、私の足首ごと包んでゴムの部分をぎゅっとしばった。

さらにビニールテープでぐるぐる巻きにして固定したら、外見はかなり間抜けだけど高さと安定感はなかなかのデラックスシューズが出来上がった。笑っている場合じゃないけど、パンティをはいた靴を見たあたりで二人とも笑えてきて、デラックスシューズを両足とも装着した私を見てだりあはさらに笑った。

「なんてカッコ！　転んだら全部ばれちゃう」

「いいじゃない、これ。変な音もしないし、なかなか歩けるよ」

「今度は私よりちょっと背が高くなっちゃったね」

面倒だけどビニールテープをいったんはぎとり、トイレットペーパーをいくらか巻き取って捨てて嵩を調節したら、ちょうどだりあと同じ背丈になれた。注意して見られたらばれるかもしれないけど、足元はワンピースの裾で隠れる。

「ようし、背は完璧。次はお腹だ、こっちにもトイレットペーパー詰めるしかないね」

少し平たくしたトイレットペーパーを厚手のバスタオルでくるみ、ビニールひもでしばり、だりあのお腹のふくらみ具合を真似つつ、かつワンピースが引き上げられ過ぎて靴が見えないようにと試行錯誤を重ねていると、タオルがほどけてきてトイレットペーパーが私の股の間からコロンと落ちた。笑っている場合ではないのにまた笑いがこみ上げてきた。

「早希がトイレットペーパー産んだ」

「安産でした」

くだらないと分かりつつも二人でひとしきり肩をふるわせたあと、本格的にトイレットペーパーの入ったタオルをお腹に巻きつけて、今度は落ちないようにビニールひもでしっかり固定した。私の着ていた黒いアンダーシャツも一役買って、裾を伸ばして上からかぶせると、固定度が増しかつより自然なカーブのふくらみになった。

私がだりあの顔バレ防止グッズとコートとバッグを身に着けると、まずまずなイミテーションだりあが完成した。

「まぁ、こんなもんで大丈夫でしょ。マンションのエントランス前でタクシーに乗り込むまでのあいだだけ、記者たちを騙せればいいんだから」

「うまくいけばいいんだけど。なんか不安になってきた。もしばれたら早希についてまで週刊誌に書かれるかも。いくらなんでもそこまで迷惑かけられないよ」

私の洋服とコートを着て、出っ張ったお腹を隠すために私のハンドバッグを前で抱えているだりあは、私のガーリーな洋服に影響されたのか、いつもよりも女の子っぽくか弱げだ。

「うまくいけばいいんじゃなくて、うまくいかせるの。いい、私が電話するまで家を出たらダメだからね。うまく撒けたら、どこで待ち合わせようか？」

「ここから近いグランドハイアットで待ち合わせよう。まえにマネージャーから、あのホテルは出入り口がいくつもあって、記者が追いにくいって聞いた。うまく会えなかったら、ホテルにそのまま泊まることもできるかもしれないし」

「分かった」

携帯に着信したので、電話に出て応対する。

「タクシー着いたって。じゃ、いってくるね」

「うん、気を付けて。ほんとうにありがとう」

すっかり日の落ちた屋外の廊下を歩き、一階へ降りて、エントランスの自動ドアまでだいぶ距離のある場所でいったん止まり、ドア越しに外を覗き見る。サングラスをかけているうえ夜になったのもあって見づらいが、外は無人だ。いや、無人に見えるだけでぜったいにいる。

覚悟を決めて自動ドアから出て数歩歩くと、物陰からさっきの中年女性が飛び出してきた。

「だりあさんですよね？　今日はこれからどこに行かれるんですか？　新しい病院に行かれるんですか、いま妊娠何ヵ月なんですか、ねえだりあさん！」

びくっとしてうつむき早歩きすると、トイレットペーパーの厚底がなんとも歩きにくく、ゆさゆさ揺れるお腹が重い。でもこれぐらいよたよたしていた方が妊婦っぽいかもしれない。歩くたびに服のなかのお腹あたりや足元から、妙ながさごそした音が響いているのを、記者が気づきませんように。マンションの外門から出ると男の人が飛び出してきてフラッシュをたいて写真を撮る。びっくりして声を上げそうになるが声を出したらばれる、耐えなきゃ。出迎えに車の外へ出ていた運転手さんが驚いているうちに、マンションの反対側の通用口に張っていたらしいもう一人の男性が全速力で走ってきて、写真を撮ってくる。

「早く出してください！」

タクシーに乗り込んでドアを閉めると、手で顔を隠しながら運転手さんに伝えて、車が発進した。女性はまだ追ってきて、なにか叫んでいるのが車内にいても聞こえる。手は冷たくなり、足はふるえが止まらない。だりあはいつもこんな思いに耐えていたのか。運転手さんはただならぬ状況を察知して緊張した様子で黙りこみ、運転に集中している。変装をしたままちょっとだけサングラスを下ろして後ろを振り返ると、一台の車が私たちを追ってきた。

タクシーが住宅街を抜けて大通りに入り、交通量が増えても、記者たちが乗っている車はつかず離れずぴったりくっついてきてる。作戦はうまくいってるからうれしいはずなのに、尾けられている恐怖の方が勝った。だりあに電話をかける。

「もしもし、うまくいった。つかず離れずついてきてるよ。このまま走ってきてとうな総合病院で降りるよ。ホテルで合流したあとは私の家へ……あっ」

いつのまにか赤信号で止まっている私の車のすぐ横に、記者たちの車が並んでいた。スモークを張った窓から、なんの目隠しもない窓を通した私の顔を見つめている視線が、じっさいには見えないけど痛く突き刺さるようだ。すぐ顔をそむけた私を乗せてタクシーは再び走り出したが、記者の車は追ってこなかった。

「ごめんなさい、いまばれた。多分そっちへ向かうから、急いでマンションを出て」

「分かった」

電話を切り、大丈夫か心配になって、はーっと大きなため息が出た。予定ではもっと長い時間記者たちを引きつけておいて、その間にだりあは別のタクシーでホテルへ向かうはずだった。でもこんなに早く気づかれたんじゃ、だりあはタクシーを呼ぶひまもなく、マンションを飛び出さなければいけないだろう。

「どうします、このまま進みますか」

脱出劇の片棒をかつぐように押し殺した声で運転手さんが尋ねてくる。

「いや、一応同じ方面に向かいつつもある程度の地点まで走ったら、六本木のグランドハイアットに向かってください。いつ目的地を変更するかは、またあとで私が伝えます」

三十分ほどするとだりあから電話がかかってきた。当然記者の車はすでに完全に姿を消していた。

「見つからずにマンションを出れて、ハイアットに着いた。いまロビー」

「よかった！　外に出たとき、怪しい人はいなかった？」

「うん、念のため通用口から出たけど、だれもいなかった。住宅街を抜けて、大通りに出たところでタクシー拾えたから、そのままホテルまで来た」

「大成功じゃない、尾けられてる感じもない？」

「うん、大丈夫だと思う」

「私もこれから向かうね、待ってて」

弾んだ声で電話を切ろうとしたら、ちょっと待って、とだりあの声が聞こえた。

「なに？」

「どれくらいでホテルに着く？」

「けっこう遠くまで走ったから、四、五十分くらいかな。一時間以内には着くと思うけど、どうかした？」

「陣痛が始まったみたい……」

ホテルのロビーに駆けつけると、ソファの隅っこに前かがみになりながらうつむいているだりあを見つけた。

「だいじょうぶ？　痛む？　赤ちゃん下に降りてきてない？」

マスクをつけただけのだりあはうなずき、目しか見えなかったが、つらそうなのが見てすぐに分かった。脂汗のにじんだ額には髪の毛が筋になってはりつき、顔は赤いが寒気がするのか、自分の腕を抱いたまま小刻みにふるえている。

「心配ばっかりかけてごめんね、早希。こんな早く陣痛がくるなんて思ってなかったけど、色々あったり歩いたりしたせいか、急に痛くなってきちゃって」

「タクシー乗ってお医者さんに行こうよ。救急車でもいい」

「さっきマネージャーに電話したら、車飛ばして来てくれることになった。入院先見つけてくれたんだって。だから到着するまでここで待つつもり」

「わかった。にしても、ここは目立ちすぎるよ。場所を変えよう」

具合の悪そうなだりあに気づいた宿泊客たちは通り過ぎるときにこちらを見てくるし、心配している様子のロビーの受付係も、いまにも話しかけてきそうだ。

「とにかく、ここから動こう」

だりあを立たせて受付カウンターから離れ、でもこれからどこへ行こう、ホテルから出ることもできないし、と焦りながら辺りを見回していたら、エレベーターを見つけた。ゆくあてもないのに乗り込む。どこかのトイレにひっそりと隠れて待てばいい、でもホテルって客室の階にお手洗いはなさそうだ。

階数のボタンの表示を見ると、レストランの階があった。飲食店があるなら、化粧室も併設されているかもしれない。

「上の階に上がって連絡を待とう。ロビーじゃ目立ちすぎる」

エレベーターから出ると中華レストランの料理の香りがした。だりあを脇に抱えて間接照明の廊下を歩いてゆくと、レストランの入り口と手前の厨房に立つシェフたちの白く長いコック帽が見えた。床は大理石、室内装飾は豪華でセンスの良い高級レストランだ、さすがにトイレだけ貸してとは言いにくい。絶望しかけたがすぐ手前の細い廊下の案内にRestroomと表示があり、厨房の脇をできるだけ素早くすり抜けてだりあを運ぶ。

廊下を歩き、中華料理レストランの入り口まで来た。係の人にお手洗いの場所を聞こうと思ったが、彼女がするどい勘で入り口のすぐ脇に小さな通路があるのを発見し、突き進んでゆく。ついてゆきながら、ふいに周りに目をやると、オープンキッチンでずらりと横一列にならんだシェフたちが、照明に照らされながら料理を作っていた。

だりあのお産が終わったら、ここでおごってもらおう。そして窓際の席で夜景を見下ろしながら、今度こそなんの曇りもない優雅な心地で、伊勢海老をナイフとフォークで食べるんだ。

お手洗いは広く内装は豪華で、大理石を敷き詰めた床は光り、正面のシンクは赤銅色で、大きく立派な鏡がパウダールームの真ん中に配置されている。なかには誰もいない。

だりあはお手洗いからなかなか出てこずに低い声で呻いている。軽快なジャズの鳴り響く室内で、だりあの唸り声と鼻息が一段と大きくなる。ジャズのスウィングとだりあの食いしばる歯の間からもれでる声が重なり合い、妙に合っていてシュールだ。化粧室の照明はややオレンジがかって明るく、照らされると暑いほどで、気がつけば大量に汗をかいていた。お手洗いをこんなに明るくする必要がどこにあるんだろう。

ドアのすぐそばでやきもきしながら突っ立っていたら、レストランの客らしいパーティの格好をした若い二人の女の子が化粧室へ入って来た。彼女たちは楽しそうに会話していたが、お手洗いにも入らずただドアの前に立っているだけの私を見つけると黙り、それぞれ個室に入って隣の個室から聞こえてくるだりあの呻き声を聞いたあとは、警戒心たっぷりの強張った顔つきで、手早く鏡台で頭のセットを直したあと、急いで化粧室を出て行った。どんな下痢ならあそこまで呻けるのか不思議だ、と思っているのかもしれない。

だりあから預かっていた携帯が鳴り、電話に出る。

「マネージャーさんだよ！　車寄せまで来れたって。また一階に降りよう」

少しの沈黙のあと、弱々しい力で開かれたお手洗いのドアの向こうから、汗だくのだりあが出てきた。彼女の肩を抱いて引っぱるようにして前へ進む。

「もう大丈夫だから。あとは病院に行くだけ。よくがんばったね」

「早希がいたから、がんばれたよ……。ありがとう」


だりあの赤ちゃんがぶじ生まれたと病院から連絡があり、やっと一安心した。当日は興奮して眠れなかったけど、徐々にいつも通りのペースを取り戻して、会社帰りにだりあの入院先を訪ねた。赤ちゃんは可愛い女の子で、だりあは見たこともない優しい表情で、生まれたばかりの赤ちゃんをあやしていた。

二週間ほど経った日曜日の午前に、だりあから荷物が届いた。運送業者が次から次へと大きなサイズの段ボール箱を運んでくる。玄関先には置ききれないので一つしかない部屋にも箱は侵入してきた。全部で九箱もある。

「この中の一つに赤ちゃんが入ってたりして」

ガムテープを剝がし蓋を開けてみると、中からあふれんばかりの洋服たちが出てきた。すてきな服ばかり、どこかで見覚えがある。

だりあのクローゼットに並んでた服だ！

すべての箱を開けて中身を確認すると、九箱のうち六箱が服で、春夏秋冬すべての服がシーズンごとに詰まっていた。あとの三箱はバッグやスカーフなどの小物。歓声を上げながら一つずつ取り出していくと、あっという間に部屋じゅうが宝物で埋まる。さっそく電話をかけたら、だりあが出た。後ろで赤ちゃんの泣く声が聞こえる。

「もしもし、だりあ？　すごい量の服が届いたけど、子育てが落ち着くまで私に保管してほしいってこと？」

「そんなわけないでしょ。あげるよ、全部。着れるのがあったら、使って」

「うそでしょ、ありがとう！　でもほんとにいいの？　これだけの量の服、ほとんどだりあの持ち物の全部でしょ」

「いいよ、早希が着た方が服も喜ぶと思う。気に入ったのが見つかったら、大切に長く着てやってよ。私は当分おしゃれからは離れる。子育てにじゃまだから、髪も切っちゃった」

「すてきな一流品の服ばっかりなんだし、もし私の持ち物になったら、なにより丁寧に扱うよ」

と言いながらも、だりあのクローゼットを訪れたときに見て今でも忘れられない、ノーカラーのクリーム色のコートを、携帯を持っていないほうの片手で探している。冬物の箱の奥に見つけた。よかった、ちゃんと入ってる。このコートの手触りの良さと仕立ての美しさ、洗練された形はいまでも忘れられない。

また近々訪ねてゆくと約束してから電話を切る。いそいそと服を取りだしてはハンガーに吊るしてゆく。まったくだりあはやっぱり何も分かってない、こんな上等の服を折りたたんで段ボール箱に詰めるなんて！　すでに皺の寄ってるシルクのブラウスがある、低温でアイロンをかければ、元のきれいな状態に戻るだろうか。美しい服のなかでも特に気に入った膝丈の見るからに上品なタイトスカートと襟にレースの襞のついたブラウスと、それからお気に入りのクリーム色のコートを着て、鏡のまえに立ってみた。いままでまるでしたことのないファッション、心のなかで憧れていたけど飛び込めなかった、大人の女性の洗練されたファッション。

「あれ、全然ダメだ」

鏡のなかの私は、服がまったく似合っていない。だりあのタイトスカートを穿くには膝から下が短すぎたし、仕立ての良すぎるコートは平凡な顔立ちの私が着ると、お金持ちのふりした詐欺師みたいだ。落胆してそっとコートを脱いだ。でもいつか、着こなしてみせる。こうなったら裁縫も覚えて、サイズも直せるようになろう。だりあからもらった服を、自分の色に染め変えていくのが、これからの私の目標だ。

ユーヤから呼び出されて、いつもの代官山のカフェに出かけた。今日は私より早く来ていた彼は、私が席に着くのが待ちきれない様子で、バッグを空いた椅子に置いているときから話しかけてきた。

「だりあさんのニュース、早希なら知ってるよな。極秘妊娠してて、もう産んだっていうじゃないか！　いまどこのテレビ局点けてもそのニュースやってるよな」

「知ってるもなにも、生まれる前からずっと一緒にいたし」

「えっ、病院に行ったのか？」

「ううん、パパラッチに家が見つかって、二人で逃げてる最中に、だりあが産気づいたの。周りに気づかれないようにするのに一苦労だったんだから」

だりあを隠れ家からホテルまで替え玉作戦で連れて行ったこと、ホテルに着いてから車が到着するまで陣痛に耐えるだりあとトイレで粘った話を伝えると、ユーヤは手をたたいて笑った。

「とんでもないなぁ、二人とも。おれにも電話してくれれば、力になれたかもしれないぞ」

「そんな余裕まったく無かった。トイレで生まれたらどうしようって、ずっと怯えて、ほとんどホラーだったよ」

「だろうな。まぁ無事乗りきれて良かった」

ユーヤの注文したヒレカツサンドが運ばれてきて、彼が大口を開けてかぶりついた。

「うん、母子ともに無事でほっとしてるよ。ユーヤも前より元気になったように見えるよ。もしかして、澄ちゃんとうまくいきそうなの？」

「いや、アパレル系の会社で内定もらったんだ。まだ何社か受けるけど」

「良かったね、おめでとう！　ユーヤなら大丈夫だと思ってたよ」

すぐ調子に乗るユーヤは照れて喜んだりせず、流し目で自信満々の微笑みを浮かべた。

「おれの能力に気づけるのは、やっぱりアパレル系の人事の人間だな。路線変更して新しく就活打線を組んで良かった」

「私のアドバイスのおかげでしょ。感謝してね」

ユーヤが内定をもらったのももちろんだけど、以前の明るさを取り戻しているのが、意外なほどうれしかった。ユーヤの元気って、私の元気の基本でもあるんだ。いつも通りの笑顔に、こんなにほっとして、安心がわいてくるなんて。

「就職したって知ったら、澄ちゃんも気が変わってユーヤと付き合うだろうね。仕事も彼女も一気にゲットなんて、うらやましいなぁ」

ユーヤから笑顔が消えて、思案深げな表情になった。

「いや、澄のことについてはもう少しよく考える。おれが変わったら、あなたのことを好きになるよ、って言われたのが、引っかかってる。変わること前提で愛してもらうなんて、おかしくないか？」

「でもまともだよ、澄ちゃんの言ってることは。その言葉をきっかけに、ユーヤは仕事も見つけられたんだし」

「うん、分かってるんだけどさ」

居心地悪そうに椅子の上で身体を揺すったあと、ユーヤは私を眺めた。

「早希は、いやに良いシャツ着てるな」

「あ、分かった？　これだりあにもらったの。他にもいっぱい洋服をもらったんだけど、いまのところしっくりくるのが、これしかなくて。どうかな？」

いかにも借り物っぽかったらどうしようと、まっすぐなユーヤの視線にたじろぐ。シンプルな白いボタンダウンシャツで、なんの装飾も色もついてない服を着るのはひさしぶりだ。

「似合ってるよ。今日、店に入ったときから生地の風合が良いなと思ってた。早希は飾り過ぎないけど品の良い、上質な服の方が似合うのかもしれないな。いつものクリスマスツリーみたいのより」

「クリスマスツリーってなに⁉」

「いっぱい飾りがついてて、プレゼントいっぱいみたいな雰囲気の服。可愛いけどさ、いまの服の方が早希のことがよく見える気がする」

「ユーヤに言われると自信がつくな。カリスマ店員だし」

「新しい就職先決まったら、買いに来てよ。おれのお客さん第一号にしてやるよ」

「もう宣伝してる。行ってもいいけど安くしてよね」

「できる限りな。早希は最近はデートしてないのか？　だりあさんの産婆をやってただけ？」

「うん。あの一件以来疲れきっちゃって、仕事に行くのに精いっぱいで、デートなんかする気が起こらない。だりあからもらった服を、ひたすら洗濯してた」

ウォーク・イン・クローゼットを追い出されたあと、だりあの服たちは過酷な運命をたどったらしく、取り返しがつかないほどの皺や、かびくさい臭いを染みつかせていた。上質な生地を傷つけないように細心の注意を払って洗ったり乾かしたりしていたら、休日はすぐに過ぎ去った。

「自分ちで洗濯するのか？　クリーニングに出さずに？」

「クリーニングだとお金もかかるし、工夫して手洗いで洗濯した方がキレイになる場合も多いんだよ。まぁ貧乏くさい話になるから、この話はやめよう」

「なんで？　教えてくれよ、家できれいに洗濯する方法。おれ、これから店に立つとき自社ブランドの服で全身固めなきゃいけないんだけど、毎日出勤するからどんどん服が無くなっていくんだよな。わざわざクリーニングに出さずに家で良い感じに洗えたら、どんなに良いかって思う」

「服だけじゃなくて、靴やバッグの手入れ方法も知ってるよ。びっくりするほどきれいに汚れが落ちるんだから。今度、お手本としてユーヤの服を洗って見せてあげる」

「おもしろそう。おれ、革の手入れ用のクリームを買おうかどうか、迷ってたんだよな。次会うときまでに買っておく」

ひさしぶりに見たユーヤの笑顔に、忘れていた胸の高鳴りがまた戻ってきた。彼のクローゼットの中身って一体どんな感じなんだろう。なんだかすごく気になってきた。

女の歴史は、日記よりもクローゼットに刻まれている

尾形真理子（コピーライター）

人間が服を着るようになったのは、おおよそ10万年前だそうです。理由は、防寒やケガ対策、虫除けなどいろいろありそうですが、人類初の「おしゃれさん」が生まれるまでにそう時間はかからなかった気がします。わたしが人生で最初に出会ったおしゃれさんは、小学校に入学して同じクラスになった女の子でした。トレーナーにジーパンという服装でも、なんだか大人っぽい。中学生になって同じ制服を着るようになっても、彼女の着こなしはみんなと違っているように感じました。なんでなんだ？その不思議を解き明かせないまま卒業を迎え、わたしはふつうの高校生になりました。

そしてコピーライターとして働き始めた2001年。現役の高校生だった女の子が、あざやかなインパクトを日本中に与えました。たった一行のコピーが書けず、四

苦八苦しかしていなかった新米コピーライターは（四苦八苦は今も変わらないですが）、恐ろしい気持ちになりました。自分には見えていないものが、彼女は確実に見えている。それがなんなのかはわからないけど、それだけはわかる。同じ制服を着ていても、圧倒的に着こなしに差があるのと同じ感覚で。

そのときの上司が「尾形、コレ、読んだ？」と本を片手にやってきました。「あ、読みましたよ。高校生でこんな小説が書けるなんて凄すぎですよね」と拙《つたな》すぎるわたしの感想。コピーライターの大先輩でもあったその上司は「17歳で人間が書けるのがすごいよなぁ」と言い残し、ふらふらと去っていきました。

それからそれなりの歳月がたち、「人間を書く」の意味を「主人公が動物ではない」ぐらいの理解しかなかったわたしも、もはや若手とはいえない身に。そして「いなか、の、すとーかー」で、またもや衝撃を受けることになりました。この人は、なんでこんなに人間を知っているのか、と。新進気鋭の陶芸作家の透《とおる》と、行き過ぎたファンというか、ストーカーの中年女性。幼なじみの果穂《かほ》。透の視点で物語は進んでいきますが、ストーカー被害は途中から思わぬ展開をみせていく。そこには驚きがあるのに納得もある。それこそが「人間が書ける」ということなのでしょう。

透にとっては迷惑な話でしょうが、「いなか、の、すとーかー」を読んでいると、その裏に息づく「とかいかぶれ、の、おちょーしもの」というもうひとつの物語も必然的に読むことになります。その主人公は果穂。人間性を好きになれない男に、惚《ほ》れ続けている女の苦悩が書かれています。自己矛盾に追いつめられていく様子は、読みごたえたっぷり。もしかしたら「いなかもの、を、おーえん」という中年女が主人公の物語も読み進めた方もいるかもしれない。誰が話者になるかで、被害者と加害者はするりと入れ替わります。ひとつの人生しか自分は生きられないけど、そのまわりには無数の人生がある。世界は多重音声の物語でできている。その事実を生身で気づいた瞬間が、人間を知ることのはじまりなのかもと思いました。

人間の数の何十倍の服が、この世の中には存在するのでしょうか？『ウォーク・イン・クローゼット』の主人公である早希《さき》は、「素敵な服は無限にある」と断言しています。服が生まれて10万年。服の役割は拡大し続け、世の中は「おしゃれさん」で溢《あふ》れかえっています。おしゃれがフツー。ダサいと目立つ。なんとも厳しい世の中です。そんな時代をサバイブしなければいけない28歳と、動物の毛皮に包まって震えていた28歳と、どっちが大変なのかわからないほどに。

この人はどういう人なのか。知らないのは怖いから知ろうとする。でもそんなに簡単に本心はわからない。自分だって明かさない。だからわたしたちは、服から漏れてくる情報を取ろうとするのでしょう。アウトドア派か、インテリ派か。空気読むタイプか。カブキものか、保守的か。財務状況。清潔かどうか。自意識の高さ。飽きっぽさ。モテたい具合い。重視するのはデザインか、コスパか、己のこだわりか。バランス感覚はいかがなのか。そう考えると「服は口ほどにモノをいう」というか、おしゃべりというか、人間のいちばん無防備な部分は、実は服なのかもしれません。

早希は「私たちは服で武装して、欲しいものを摑《つか》みとろうとしている」といって、〝対男用〟の洋服をクローゼットに揃えます。だりあは「きれいな服は戦闘服なのかも」といって、自分の存在を肯定するために服でウォーク・イン・クローゼットを満たします。なぜ女の子は、こんなにも自信がないのでしょうか。自己肯定が苦手というか。彼氏を作らなきゃダメ、結婚しなきゃダメ、というのは「誰かに選んでもらえなきゃダメ」という感覚と同義になっているのかも知れません。

物語の前半で、早希はなんだかお店に並んでいる洋服みたいだな……と、切ない気持ちになりました。良い場所に並ぶ努力をしたり、ＰＯＰをつけたり、できるだけ素敵なお客さんに選んで欲しい。だけど売れ残るのは最悪だから、どこまでなら値下げできるか必死で計算する……みたいな。狡猾なようで、けなげであり。そんな早希に幼なじみであるだりあは、得意なことをアピールすべきだと助言する。その答えで、わたしは一気に早希が好きになってしまいました。〝対男用〟の選びではあっても、嫌いな服は着ていないんだ、と。

わたしは仕事がうまくいかなかったり、元気が出ないときほど、いつもよりおしゃれをして家を出るくせがあります。もともと175㎝近くある身長に15㎝くらいのヒールをはきます。コピーライターというのは受注業なので、クライアントがいてなんぼ。最終的な決定権は自分にはない仕事で、そこにおもしろさがあったりもします。目立つ服を着ていると「おっ！　なんか調子良さそうだね」と声をかけられるのですが、その真逆。どうにか服を追い風にして、進もうとあがいているだけなのです。

わたしたちは、なんのために服を着るのか。それはもはやなんのために生きるのかと同じくらい難しい問いになっています。だけどいつも思うのは、自分と他者の間に服はあるということ。人間を知ってないとおしゃれはできないということ。こんなにも「人間を書ける」綿矢さんはとびきりの「おしゃれさん」だとわたしは思います。

本書は二〇一五年一〇月、小社より単行本として刊行されました。
JASRAC　出1710832-701号

|著者| 綿矢りさ　1984年京都府生まれ。2001年『インストール』で文藝賞受賞。早稲田大学在学中の'04年『蹴りたい背中』で芥川賞受賞。'12年『かわいそうだね？』で大江健三郎賞受賞。ほかの著書に『夢を与える』『勝手にふるえてろ』『ひらいて』『憤死』『大地のゲーム』『手のひらの京』『私をくいとめて』などがある。

ウォーク・イン・クローゼット
綿矢《わたや》りさ

講談社文庫
定価はカバーに
表示してあります

2017年10月13日第1刷発行

発行者――鈴木　哲
発行所――株式会社　講談社
東京都文京区音羽2-12-21　〒112-8001
電話　出版（03）5395-3510
　　　販売（03）5395-5817
　　　業務（03）5395-3615

Printed in Japan

デザイン―菊地信義
製版――凸版印刷株式会社
印刷――凸版印刷株式会社
製本――株式会社大進堂

ISBN978-4-06-293771-9

講談社文庫刊行の辞

二十一世紀の到来を目睫に望みながら、われわれはいま、人類史上かつて例を見ない巨大な転換期をむかえようとしている。

世界も、日本も、激動の予兆に対する期待とおののきを内に蔵して、未知の時代に歩み入ろうとしている。このときにあたり、創業の人野間清治の「ナショナル・エデュケイター」への志を現代に甦らせようと意図して、われわれはここに古今の文芸作品はいうまでもなく、ひろく人文・社会・自然の諸科学から東西の名著を網羅する、新しい綜合文庫の発刊を決意した。

激動の転換期はまた断絶の時代である。われわれは戦後二十五年間の出版文化のありかたへの深い反省をこめて、この断絶の時代にあえて人間的な持続を求めようとする。いたずらに浮薄な商業主義のあだ花を追い求めることなく、長期にわたって良書に生命をあたえようとつとめるところにしか、今後の出版文化の真の繁栄はあり得ないと信じるからである。

同時にわれわれはこの綜合文庫の刊行を通じて、人文・社会・自然の諸科学が、結局人間の学にほかならないことを立証しようと願っている。かつて知識とは、「汝自身を知る」ことにつきていた。現代社会の瑣末な情報の氾濫のなかから、力強い知識の源泉を掘り起し、技術文明のただなかに、生きた人間の姿を復活させること。それこそわれわれの切なる希求である。

われわれは権威に盲従せず、俗流に媚びることなく、渾然一体となって日本の「草の根」をかたちづくる若く新しい世代の人々に、心をこめてこの新しい綜合文庫をおくり届けたい。それは知識の泉であるとともに感受性のふるさとであり、もっとも有機的に組織され、社会に開かれた万人のための大学をめざしている。大方の支援と協力を衷心より切望してやまない。

一九七一年七月

野間省一

講談社文庫 最新刊

松岡圭祐　生きている理由

史実の『はいからさんが通る』は謎多し。男装の麗人、川島芳子はなぜ男になったのか？

青柳碧人　浜村渚の計算ノート 8さつめ〈虚数じかけの夏みかん〉

街中に隠されたヒントを探す謎解きイベントで、渚を待ち受けていた数学的大事件とは？

林　真理子　正　妻〈慶喜と美賀子〉(上)(下)

徳川幕府崩壊。迫り来る砲音に、妻は何を思い夫は何を決断したか。新たなる幕末小説の誕生！

佐々木裕一　公家武者　信平《のぶひら》〈消えた狐丸《きつねまる》〉

心の傷が癒えぬ松姫《まつひめ》に寄り添う信平。武家になった公家、松平信平が講談社文庫に登場！

西村京太郎　沖縄から愛をこめて

陸軍中野学校出身のスパイたちは、あの沖縄戦で何を見たのか？　歴史の闇に挑む渾身作！

綿矢りさ　ウォーク・イン・クローゼット

私たちは闘う、きれいな服で武装して。誰かのためじゃない服と人生、きっと見つかる物語。

我孫子武丸　新装版 殺戮にいたる病

永遠の愛を男は求めた。猟奇的連続殺人犯の魂の軌跡！　誰もが震撼する驚愕のラスト！

木内一裕　不　愉　快　犯

人気ミステリー作家の妻が行方不明に。殺人容疑で逮捕された作家の完全犯罪プランとは？

富樫倫太郎　信長の二十四時間

すべての人間が信長を怖れ、また討つ機会をうかがっていた。「本能寺の変」を描く傑作。

仁木　英之　まほろばの王たち

大化の改新から四年。物部《もののべ》の姫と役小角《えんのおづぬ》、古の神々の冒険が始まる。傑作ファンタジー！

梨　沙　華《はな》　鬼《おに》　2

少女は知る、冷酷な鬼の心にひそむ圧倒的孤独を……。傑作学園伝奇、「鬼頭の生家」編。

講談社文芸文庫

多和田葉子
解説＝阿部公彦　年譜＝谷口幸代

変身のためのオピウム／球形時間

たAC4
978-4-06-290361-5

ローマ神話の女達と〝わたし〟の断章「変身のためのオピウム」。少年少女の日常が突然変貌をとげる「球形時間」。魔術的な散文で緻密に練り上げられた傑作二篇。

中野好夫
解説＝河合祥一郎　年譜＝編集部

シェイクスピアの面白さ

なC2
978-4-06-290362-2

人間心理の裏の裏まで読み切った作劇から稀代の女王エリザベス一世の生い立ちと世相まで、シェイクスピアの謎に満ちた生涯と芝居の魅力を書き尽くした名随筆。

講談社文庫　目録

芥川龍之介　藪の中
有吉佐和子　新装版 和宮様御留
阿川弘之　春風落月
阿川弘之　亡き母や
阿刀田　高　ナポレオン狂
阿刀田　高　新装版 ブラック・ジョーク大全
阿刀田　高　新装版 食べられた男
阿刀田　高　新装版 妖しいクレヨン箱
阿刀田　高　新装版 奇妙な昼さがり
阿刀田高編　ショートショートの花束1
阿刀田高編　ショートショートの花束2
阿刀田高編　ショートショートの花束3
阿刀田高編　ショートショートの花束4
阿刀田高編　ショートショートの花束5
阿刀田高編　ショートショートの花束6
阿刀田高編　ショートショートの花束7
阿刀田高編　ショートショートの花束8
阿刀田高編　ショートショートの花束9
安房直子　南の島の魔法の話

相沢忠洋　「岩宿」の発見〈幻の旧石器を求めて〉
安西篤子　花あざ伝奇
赤川次郎　真夜中のための組曲
赤川次郎　東西南北殺人事件
赤川次郎　起承転結殺人事件
赤川次郎　冠婚葬祭殺人事件
赤川次郎　人畜無害殺人事件
赤川次郎　純情可憐殺人事件
赤川次郎　結婚記念殺人事件
赤川次郎　豪華絢爛殺人事件
赤川次郎　妖怪変化殺人事件
赤川次郎　流行作家殺人事件
赤川次郎　ABCD殺人事件
赤川次郎　狂気乱舞殺人事件
赤川次郎　女優志願殺人事件
赤川次郎　輪廻転生殺人事件
赤川次郎　百鬼夜行殺人事件
赤川次郎　四字熟語殺人事件〈ベスト・セレクション〉
赤川次郎　三姉妹探偵団

赤川次郎　三姉妹探偵団2〈キャンパス篇〉
赤川次郎　三姉妹探偵団3〈珠美・初恋篇〉
赤川次郎　三姉妹探偵団4〈怪奇篇〉
赤川次郎　三姉妹探偵団5〈復讐篇〉
赤川次郎　三姉妹探偵団6〈危機一髪篇〉
赤川次郎　三姉妹探偵団7〈駆け落ち篇〉
赤川次郎　三姉妹探偵団8〈人質篇〉
赤川次郎　三姉妹探偵団9〈青ひげ篇〉
赤川次郎　三姉妹探偵団10〈父恋し篇〉
赤川次郎　死が小径をやってくる〈三姉妹探偵団11〉
赤川次郎　死神のお気に入り〈三姉妹探偵団12〉
赤川次郎　次女と野獣〈三姉妹探偵団13〉
赤川次郎　心地よい悪夢〈三姉妹探偵団14〉
赤川次郎　ふるえて眠れ、三姉妹〈三姉妹探偵団15〉
赤川次郎　三姉妹、呪いの道行〈三姉妹探偵団16〉
赤川次郎　三姉妹、初めてのおつかい〈三姉妹探偵団17〉
赤川次郎　恋の花咲く三姉妹〈三姉妹探偵団18〉
赤川次郎　月もおぼろに三姉妹〈三姉妹探偵団19〉

講談社文庫　目録

赤川次郎　三姉妹、ふしぎな旅日記〈三姉妹探偵団20〉
赤川次郎　三姉妹、清く貧しく美しく〈三姉妹探偵団21〉
赤川次郎　三姉妹と忘れじの面影〈三姉妹探偵団22〉
赤川次郎　三姉妹、舞踏会への招待〈三姉妹探偵団23〉
赤川次郎　三人姉妹殺人事件〈三姉妹探偵団24〉
赤川次郎　沈める鐘の殺人
赤川次郎　静かな町の夕暮に
赤川次郎　ぼくが恋した吸血鬼
赤川次郎　秘書室に空席なし
赤川次郎　我が愛しのファウスト
赤川次郎　手首の問題
赤川次郎　おやすみ、夢なき子
赤川次郎　二重奏《デュオ》
赤川次郎　メリー・ウィドウ・ワルツ
赤川次郎ほか　二十四粒の宝石〈超短編小説傑作集〉
赤川次郎 横田順彌　二人だけの競奏曲
新井素子　グリーン・レクイエム
安土　敏　小説スーパーマーケット(上)(下)
安土　敏　償却済社員、頑張る

阿井景子　真田幸村の妻
浅野健一　新・犯罪報道の犯罪
安能務 訳　封神演義 全三冊
安部譲二　絶滅危惧種の遺言
綾辻行人　緋色の囁き
綾辻行人　暗闇の囁き
綾辻行人　黄昏の囁き
綾辻行人　殺人方程式〈切断された死体の問題〉
綾辻行人　鳴風荘事件 殺人方程式II
綾辻行人　十角館の殺人〈新装改訂版〉
綾辻行人　水車館の殺人〈新装改訂版〉
綾辻行人　迷路館の殺人〈新装改訂版〉
綾辻行人　人形館の殺人〈新装改訂版〉
綾辻行人　時計館の殺人〈新装改訂版〉(上)(下)
綾辻行人　黒猫館の殺人〈新装改訂版〉
綾辻行人　暗黒館の殺人 全四冊
綾辻行人　びっくり館の殺人
綾辻行人　奇面館の殺人(上)(下)
綾辻行人　どんどん橋、落ちた〈新装改訂版〉

阿井渉介　荒《あら》南《は》風《え》
阿井渉介　うなぎ丸の航海
阿井渉介　生首岬の殺人〈警視庁捜査一課事件簿〉
阿井渉介 阿部牧郎他　薄灯かり〈官能時代小説アンソロジー〉
阿井文瓶　伏龍〈海底の少年特攻兵〉
我孫子武丸　0の殺人
我孫子武丸　人形はこたつで推理する
我孫子武丸　人形は遠足で推理する
我孫子武丸　殺戮にいたる病
我孫子武丸　人形はライブハウスで推理する
我孫子武丸　新装版 8の殺人
我孫子武丸　眠り姫とバンパイア
我孫子武丸　狼と兎のゲーム
有栖川有栖　ロシア紅茶の謎
有栖川有栖　スウェーデン館の謎
有栖川有栖　ブラジル蝶の謎
有栖川有栖　英国庭園の謎
有栖川有栖　ペルシャ猫の謎
有栖川有栖　幻想運河

講談社文庫　目録

有栖川有栖　幽霊刑事《デカ》
有栖川有栖　マレー鉄道の謎
有栖川有栖　スイス時計の謎
有栖川有栖　モロッコ水晶の謎
有栖川有栖　新装版 マジックミラー
有栖川有栖　新装版 46番目の密室
有栖川有栖　虹果て村の秘密
有栖川有栖　闇の喇叭《らっぱ》
有栖川有栖　真夜中の探偵
有栖川有栖　論理爆弾
有栖川有栖　名探偵傑作短篇集 火村英生篇
有栖川有栖／篠田真由美／二階堂黎人／法月綸太郎　「Y」の悲劇
有栖川有栖／恩田陸／加納朋子／貫井徳郎／法月綸太郎　「ABC」殺人事件
姉小路祐　刑《デ》事《カ》長《チョウ》
姉小路祐　刑事長《デカチョウ》四の告発
姉小路祐　署長刑《デ》事《カ》〈大阪中央署人情捜査録〉
姉小路祐　署長刑事《デカ》 時効廃止
姉小路祐　署長刑事《デカ》 指名手配
姉小路祐　署長刑事《デカ》 徹底抗戦

姉小路祐　監察特任刑事《デカ》
姉小路祐　影のクロス〈監察特任刑事《デカ》〉
秋元康　伝染歌
浅田次郎　日輪の遺産
浅田次郎　勇気凜凜ルリの色
浅田次郎　勇気凜凜ルリの色 四十肩と恋愛
浅田次郎　地下鉄《メトロ》に乗って
浅田次郎　霞町物語
浅田次郎　勇気凜凜ルリの色 福音について
浅田次郎　勇気凜凜ルリの色 満天の星
浅田次郎　ひとは情熱がなければ生きていけない〈勇気凜凜ルリの色〉
浅田次郎　シェエラザード(上)(下)
浅田次郎　歩兵の本領
浅田次郎　蒼穹の昴 全四巻
浅田次郎　珍妃の井戸
浅田次郎　中原の虹 全四巻
浅田次郎　マンチュリアン・リポート
浅田次郎　天国までの百マイル
浅田次郎原作／ながやす巧漫画　鉄道員《ぽっぽや》／ラブ・レター

青木玉　小石川の家
青木玉　底のない袋
青木玉　記憶の中の幸田一族〈青木玉対談集〉
阿部和重　アメリカの夜
阿部和重　グランド・フィナーレ
阿部和重　ＡＢＣ〈阿部和重初期作品集〉
阿部和重　ミステリアスセッティング
阿部和重　ＩＰ／ＮＮ 阿部和重傑作集
阿部和重　シンセミア(上)(下)
阿部和重　ピストルズ(上)(下)
阿部和重　クエーサーと13番目の柱
阿川佐和子　マチルデの肖像〈恋する音楽小説2〉
麻生幾　加筆完全版 宣戦布告(上)(下)
麻生幾　奪還
赤坂真理　ヴァイブレータ 新装版
安野モヨコ　美人画報
安野モヨコ　美人画報ハイパー
安野モヨコ　美人画報ワンダー
有吉玉青　恋するフェルメール〈37作品への旅〉

講談社文庫　目録

講談社文庫　目録

2017年10月15日現在